シチリアの花《はな》嫁《よめ》

妃《ひめ》川《かわ》 螢《ほたる》
ILLUSTRATION：蓮《はす》川《かわ》 愛《あい》

シチリアの花嫁

LYNX ROMANCE

CONTENTS

シチリアの花嫁

prologo

少年の日、己の素性を知ったときに湧《わ》いたのは、怒りでも哀《かな》しみでもなく、なぜ？　という疑問だった。

その答えを得るために、無茶をした。

闇《やみ》の扉を開いた。

その向こうで待つ人に、どうしても会いたくて。どうしても訊《き》きたくて。「なぜ？」と……。

その日から、ふたつの顔を使い分けるようになった。

昼の顔と夜の顔、光の下《した》と闇のなか。

二重生活が、孤独と同時に血の掟《おきて》で繋《つな》がった仲間をもたらした。

皮肉なことだった。夜と闇を知らぬままでは得られなかった絆《きずな》を、この手を血に染めることで得たのだ。

少年に、闇と同時に血の絆をもたらした人は、少年と同じ青い瞳《ひとみ》をしていた。同じ黒い髪をしていた。

母の犯した、罪の証《あかし》だった。

同時に、愛の証でもあった。

けれど少年は満足だった。知ることができたからだ。答えを得ることができた。

自分のなかには、光と闇が同在している。

それこそが己の血の起源だと、知ることができた。

罪だとは思わなかった。この地には、拭《ぬぐ》いされない闇がある。それから目を背けて、この地を統べることはできない。

闇に染まりながら、光のもとに生きる。それができるのは自分だけだと、少年は確信していた。

メッシーナ海峡を挟んで、イタリア本土の南端と鼻を突き合わせるシチリア島の東、イオニア海に面する観光地の景観も、夜の闇を纏《まと》えばガラリと雰囲気を変える。

新月ともなれば夜の闇は深く、静寂のなかに人の営みは塗りこめられてしまう。平穏も、その裏の罪悪も。

「女と赤ん坊を逃がすな！」

潮の匂《にお》いの満ちる港に、男の声が轟《とどろ》いた。潜めた、しかし強い声だ。

「あれが他《ほか》のファミリーの手に渡りでもしたら、厄介なことになる」

毒づくリーダー格の男の傍らで、別の男がさらに声を潜める。

「まさかどこかの息がかかっているなんてことは……」

「相手は貴族のご令嬢だぞ。そんなわけあるかっ」

男たちは、素性のはっきりとした女を追っていた。組織の秘密漏洩《ろうえい》を阻止するために。

「――ったく、箱入りのお嬢が、なんだってチンピラ風情と……」

「世間を知らねぇのさ」

身分違いの恋が、本気だろうがその場限りのものだろうがどうでもいいことだ。問題は、掟に従って男を処分された女が、報復とばかりに持ち出したデータにあった。

「シチリアの名士の妹君とはな……ったく、面倒《めんどう》だ」

ひとしきり毒づいて、部下を怒鳴りつける。

「おい！　見つかったか!?　なんとしてでも探し出せ！」

組織においての上下関係は絶対だ。兵隊たちはリーダーに絶対服従を強いられる。

暗月のつくりだす濃い闇のなか、追われる女は逃げつづけた。守るべき存在を信じる人に託すために。

暗い月が夜空を渡りきるまで、追う者と追われる者の攻防はつづいた。

だがその結末を知る者は、当事者以外に存在しない。

たとえ銃声がとどろいても、この島では誰《だれ》も、不審には思わない。この島の辿《たど》った特異な歴史がそうさせる。

陽《ひ》が昇れば、紺碧《こんぺき》の海の上に広がる青い空。噴煙を上げるエトナ山。たわわに実るオレンジとレモンが燦々《さんさん》と注ぐ陽光を弾《はじ》いて煌《きら》めき、吹き抜ける風がオリーブの銀色の葉を揺らす。

美しい島の景色に、闇を感じさせるものはなにもない。

陽気な人々の表情から、歴史的な影を読み取ることは難しい。

けれどここは、マフィアの島だ。

陽が沈めばまた夜がくる。闇が島を包みこむ。この地に根づく危険が顔を出す。

地中海の乾燥した空気のなか、大きな月が禍々《まがまが》しい光を放つ。この青白い光のなかでしか、息づけない者がたしかに存在する。

1

青い空を背景に、午前中はその姿をくっきりと見せていたエトナ山に雲がかかりはじめていることに気づいて、凪斗《なぎと》は腕時計を確認した。

「もうこんな時間……」

そうしてようやく、空腹であることに気づく。けれど、心地好《よ》い空腹感だった。

「ダメだなぁ。何時間いても飽きないや」

ひとり旅だから、どうしてもひとり言が多くなる。

海外に出るといつもこうだ。現地の人や行きずりのツーリストと話をするのは楽しいけれど、呟《つぶや》く言葉はやはり日本語で、自分は日本人なのだと痛感する。

凪斗が今いるのは、イタリア共和国の南端、シチリア自治州。

大学が夏休みに入ってすぐ、アルバイトで貯めた資金を手に海を渡り、空の玄関口と言われるパレルモ空港に降り立った。

レンタカーを借り、安宿を泊まり歩きながら大好きな遺跡を思う存分堪能《たんのう》してのんびりと島を巡ること二週間あまり、イオニア海に面したカターニア地方に辿りついたところだった。

シチリア島を一周する行程は残り三分の一ほど。あと一週間から十日ほどで帰国するつもりでいるけれど、資金が残っていたらギリギリまで滞在したいところだ。

「いい風……」

海風が遺跡を吹き抜けていく。

この地に点在するギリシア・ローマ時代の遺跡はどれも魅力的だが、ここギリシア劇場のてっぺんからはエトナ山が一望できる。景勝地としても素晴《すば》らしい。

階段状になった、かつての客席に座ってボーっと景色を眺めていたら、いつの間にか数時間がすぎていた。遺跡が辿った歴史に想《おも》いを馳《は》せるだけで楽しくて、時間を忘れてしまうのだ。

遺跡を巡る旅をしていると凪斗はいつもこうで、だから無計画なひとり旅しかできない。資金さえ許せば、観光ビザで滞在できる期間いっぱい島内を巡りたいところだ。――が、そうは問屋が卸さない。

百里《ゆり》凪斗は、文学部歴史文化学科に在籍する大学四年生で、ようは考古学を専攻する学生だ。高校時代から、アルバイトでお金を貯めては、長い休みに入ると海外の遺跡を巡る長期旅行に出るのが唯一の趣味だった。

とはいえ、考古学で食べていけるほど世の中が甘くないことも重々承知しているから、教職課程を履修しているし、学芸員の資格もとっている。

現実を見つめざるをえないのは、風斗が天涯孤独の身の上だからだ。祖父母も両親も早くに亡くして、家族には恵まれていない。

次の春には社会人になる。そうしたら、自由気ままな旅行などできなくなる。

そう思って、今回の旅行にはアルバイト代だけでなく預金もはたき、気のすむまで遺跡を見てまわろうと決めて、シチリアに来た。

そうして、誰に気を遣うこともなく、時間に追われることもなく、制限があるとすれば資金の問題だが、それもどうにかやりくりして、エトナ山の麓《ふもと》に辿りついた。

ここでは、遺跡巡り以外にも、したいことがある。

「どうしようかな。電車の時間もあるし……」

呟いて、心地好い風に目を細める。長い睫毛《まつげ》が白い頰《ほお》に影を落とした。

潮を孕《はら》んだ風が、色素の薄いやわらかな髪を揺らす。風にのって、オレンジの香りが漂ってくる。

エトナ山周辺は、ブラッドオレンジの世界的な産地なのだ。この地でなければ、あの独特の赤い色は出ない。

できれば今日中に、エトナ山周遊鉄道に乗りたかった。三時間ほどをかけてエトナ山の麓から中腹あたりまでを走る鉄道で、途中の街にも泊まってみたい。ちょっと奮発して、有名なピスタチオのお菓子も食べてみようと考えていた。

シンプルなTシャツにパーカー、履き古したデニムにスニーカー。小さなボディバッグひとつを背負った瘦身《そうしん》は、犯罪者の鴨《かも》となるべき日本人観光客の特徴をまるきり備えておらず、言葉ができるのもあって、ひとまず危険な目に遭った経験はない。

日本人のわりに髪も瞳も色素が薄めで肌も白いから、アジア系に見られないのかもしれない。さまざまな民族がやってきては文化の足跡を刻んでいった歴史を持つシチリアには、ラテン系のみならずゲルマン系やアジア系の特徴を持つ人も多い。観光客かと思って声をかけたら地元の人だった、なんてこともままあるほどだ。

「駅に行く前に腹ごしらえしなくちゃ」

周囲を海に囲まれたシチリアは海産物も豊富だ。ウニやムール貝などは、シンプルなパスタにあわせるのが一番美味《おい》しいと凪斗は思う。でも、ユーロのレートは高くて、アジア旅行のように格安に飲食費を浮かせることもままならないのが実情だ。

となると、どうしても、カフェで簡単に済ませることになる。イタリア人は、コーヒーと甘いパンで簡易に朝食を済ませることが多く、バルと呼ばれる立ち飲みのカフェのような店が街のあちこちにある。

大きくて甘いデニッシュひとつで、繊細な日本人の胃袋は充分に満たされるし、コーヒーだったらどこで飲んでもまずはずれはない。

長期で海外に滞在すると、どうしてもお米が食べたくなるから、スーツケースには小さな炊飯器とお米を持参している。でもホテルでないとお米は炊けないから、昼間は簡単に済ませることが多い。

それでなくても凪斗は、遺跡に夢中になるあまり空腹すら忘れてしまうことも多いから、さほど困ることはなかった。

目に付いた店に入ろうと思いながら街を歩く。世界中から観光客が訪れる街ではあるが、一本路地を入ると、もはや地元の人の姿しかなくなる。ガイドブックに掲載されている店より、こういう場所にあって地元の人たちに愛されている店のほうが安くて美味しいものだ。

一軒のバルを見つけて、あそこにしようと足を向けたときだった。

さらに細くなった路地の奥から、人の騒ぐ声が聞こえて、足音がバタバタと行き過ぎる。なんだろう？　と首を傾《かし》げていたら、今度は逆側の路地の奥から何やら物音がした。

シチリアはたしかにマフィアの島ではあるけれど、観光地であるタオルミーナ近郊は犯罪の少ない地域と言われている。それに何年か前に司法当局が行った一斉摘発で百人以上のマフィアが逮捕されて、そういった組織は弱体化したとも聞いている。

だから、夜ならともかく、陽の高いうちから危険な事態が起きるようなことはまずないと思っているし、事実これまで経験もしていない。安宿を泊まり歩く貧乏旅行をしていても、危険地帯に足を踏み入れないことと、夜の外出は控えるという鉄則は、世界中何処《どこ》へ行っても守っていた。

一本奥に入っているとはいえ、地元の人は普通に出歩いている路地だし、危険な地帯でもない。だから、危険な事態が待ち受けているとは考えなかった。

「なんだろ……」

路地を覗《のぞ》き込むと、何か小さな鳴き声のようなものが聞こえた。「みゃー」とか「なー」とか、そんな感じだ。

「……猫？」

そういえば、世界的猫写真家の番組でもシチリアの回があったなぁ……などと考えて、ポケットのスマートフォンを取り出した。

猫だと思ったのだ。

だから、脅かさないように近づいて、ベストショットを撮影させてもらおう。その程度の気持ちだった。

ひょいっと、路地の角から顔を出す。猫はどこかな？　と、首を巡らせて……凪斗の視線はある一点で止まった。

長い睫毛に縁取られた大きな瞳を瞬《まばた》かせる。

布を丸めたような……ゴミかと思って、違うとすぐに察した。動いたのだ。

「なんだろ……」

スマートフォンをボディバッグにしまって駆け寄る途中で、なにかわかった。

「……赤ちゃん……」

路地裏の石畳に沿うようにつくられた花壇のなか、花に埋もれるようにして、赤ん坊が寝転がっていたのだ。

生まれたばかりというわけではない。幼子と身近に接した記憶のない凪斗にはよくわからないけれど、ハイハイくらいはできるのではないだろうか。でもまだ、「あー」とか「うー」とかしか言葉を発しない。この声を、自分は猫の鳴き声と聞き間違えたのだと察した。

「こんなところに……」

縁側で昼寝させているのとはわけが違う。壁一枚向こうはたしかに住居だけれど、でもここは路地なのだ。

そっと覗き込む。

「わ……可愛《かわい》い……」

黒髪に真っ青な瞳の、赤子ながら端整と表現して遜色《そんしょく》ない整った面立ちの愛らしい子だった。ベビー服は薄いブルーだけれど、男の子か女の子か判断に迷うほどに可愛らしい。

「こんなところでお昼寝？　ママはどうしたの？」

そっと手を伸ばして、ぷっくりとした頬をつついてみる。赤ん坊は「きゃはっ」と笑った。そして思いがけず強い力で凪斗の指をぎゅっと握る。

「すごい……結構力あるんだ……」

へぇぇ……と興味深く観察している場合ではない。いくら日本と文化が違うとはいえ、こんな場所で赤子が昼寝させられているわけもなく、どう考えても異常な事態だ。警察に届けたほうがいい。でもそのまえに、できれば近所の人に相談したい。

と思って周囲を見渡しても人影はなかった。迷路のように路地が入り組んだ街並みでは、住人の姿すら見かけるのは稀《まれ》なこともある。

「どうしよう……」

警察署まで連れていくのはやぶさかではないけれど、下手に誘拐犯などと間違われても困る。海外では、日本の常識が通じないことも多いのだ。イタリア警察も、昔ほどではないが賄賂《わいろ》が横行していて、あまり信用ならない。

「きみ、どこの子？」

尋ねても、赤子は「あーうー」としか返さない。でも、凪斗の言葉に反応して足をばたつかせ、きゃっきゃっと笑う。

見かけてしまった以上、放置するのも気が咎《とが》める。何より、自分の指を握って放さない小さな手の高い体温が凪斗の胸を綻《ほころ》ばせて、立ち去り難くさせている。

ろくな恋愛経験もない自分に母性本能……いや、父性本能が備わっているとも思えないが、それでも赤子が可愛いのはたしかだった。

花に埋もれている赤子は、それはそれで可愛いけれど、やっぱり可哀想《かわいそう》な気がして、そっと抱き上げてみる。

「結構重いんだ……」

世のお母さんたちは大変だ……と、ひとしきり感心する。子どもの高い体温は、抱いているとまるで湯たんぽだ。

さて、どうしようか……と赤子の青い瞳を見下ろす。凪斗に抱かれてご機嫌の赤子は、きゃっきゃっと笑いながら手を伸ばしてきた。

「僕はママじゃないんだよ。やっぱり警察に連れていくしかないのかな」

警察署の場所を確認するために、まずはささほどの通りに戻って、バルの主人にでも訊いてみるしかない。

そう考えて、踵《きびす》を返そうとしたときだった。

さきほども聞いた、バタバタと煩《うるさ》い足音。複数のそれが近づいてきて、路地の角から黒尽くめの男たちが姿を現す。

凪斗が唖然《あぜん》としていると、そのなかのひとりが「Yuri!」と叫んだ。

凪斗の名字は百里《ゆり》だ。珍しいけれど、それほど少ないわけでもない名字だ。けれど、なぜ見ず知らずの男が知っているのだろう。しかも自分を指差して叫んでいる、その理由がわからない。

「……え？　あの……？」

自分が何かしただろうか？　と、大きな目を瞬いているうちに、男たちに囲まれた。

皆、大柄で強面《こわもて》で、しかもサングラスをしていて、お世辞にもかたぎとは言い難い風貌《ふうぼう》をしている。

まさか本当にマフィアなんてことは……。

——あるわけない……よね？

だって、自分のような一般市民がかかわる世界の話ではない。シチリアで誘拐ビジネスが成り立っているなんて話も聞かないし、そういう対象になるのは女性か子どもで……。

子ども？

凪斗は、腕に抱いた赤子をぎゅっと抱きしめ、男たちから隠すように後ずさった。

「な、なんですかっ」

なんの用かと英語で尋ね、そのあとでイタリア語で言いなおした。英語は流暢《りゅうちょう》だが、イタリア語はブロークンな日常会話しかできない。だから、果たしてちゃんと伝わっているのか不明だ。

「やめ……っ」

男のなかのひとりに腕を摑《つか》まれた。なにやら早口のイタリア語でまくしたてているが、何を言っているのかほとんど聞き取れない。だがそのところどころに「Yuri」と名が紡がれるのを聞きとって、凪斗は混乱した。

男たちの手が、凪斗の腕から赤ん坊を奪い取ろうとする。

「待……っ」

この子を誘拐するつもりだろうか。慌てて手を伸ばしたら、ふたりがかりで阻まれた。

「その子をどうする気――」

「んぎゃぁあぁっ！」

凪斗の声を遮ったのは、青い空をつんざくかに響いた、赤ん坊の泣き声だった。

さっきまでご機嫌で笑っていた赤ん坊が、凪斗の手から放された途端、とんでもない声で大泣きしはじめたのだ。

これにはさすがに黒服サングラスの男も戸惑った様子で、あたふたと別の男の手に託す。だが、赤ん坊の泣き声はますます大きくなるばかりだ。

三人ほどの手から手へ渡って、とうとう埒《らち》が明かないと思ったのか、赤ん坊が凪斗の手に押しつけられる。途端、赤子は泣きやんだ。

「……なんで？」

赤ん坊が、にっこりと笑う。

思わず黒尽くめの男たちを見上げると、一同の顔に安堵《あんど》が浮かんでいた。目許《めもと》はサングラスに隠されているけれど、表情を綻ばせていることがわかる。案外、悪い人ではないのかもしれない。が、問うような凪斗の視線に気づいたのか、男たちは今度は赤ん坊を抱いた凪斗を両側から拘束した。

「……え？　あの……？」

だからなんで!?　と訊いても、誰も答えてくれない。

「Non fare rumore!」

騒ぐな！　と言われたことはわかった。やっぱり誘拐!?　と、いまさら青くなってもどうしようもない。

「誰か……っ！」

叫ぼうとした口は、大きな手に塞《ふさ》がれた。

「Sii quieto.」

静かにしろと、今度は耳元に低い恫喝《どうかつ》を落とされる。

騒いだら、殺されるかもしれない。騒がなくても殺されるかもしれない。でも、もう、身体《からだ》が動かない。

極度の恐怖と緊張に、もはや瞬きもままならなくなった凪斗とは対照的に、腕のなかの赤子は、きゃっきゃっと終始ご機嫌だった。

赤子の笑い声のおかげでかろうじて意識を気丈に保ったまま、凪斗は黒塗りの車の後部シートに乗せられ、じっと身を硬くしているよりほかなかった。

街からずいぶんと走ったところで、車が止まる。

ドアが開かれ、降りるように促される。

いったどこへ連れて行かれるのかと戦々恐々としていた凪斗の目に映ったのは、広大な庭園を有する壮麗な館《やかた》だった。

予想外の事態に、恐怖心も吹き飛んだ。

館につくなり赤ん坊が泣きはじめ、急にどうしたのかと慌てたところで、自分の衣類が濡《ぬ》れていることに気づいたのだ。

「おむつ……」

思わず呟いて、でもどうしていいかわからず呆然《ぼうぜん》としていたら、囲む黒服の男たちを押しのけるようにしてやってきた長身痩軀《そうく》の男性が、テキパキと指示を出しはじめた。

奥から女性が出てきて、呆然と立ち尽くす凪斗の腕から赤子を抱きとり、おむつを取り替えはじめる。その一方で凪斗は別室に引きずって行かれ、今度は英語で「シャワーをお使いください」と言われた。

「え？　でも……」

辞退する間もないままバスルームに押し込まれ、何がどうなっているのかわからないままに手早くシャワーを浴びて出てきたら、着ていたものがどこにもない。かわりに品のいい洋服が用意されていた。

パスポートと全財産の入った財布を収めてあるボディバッグもなくて、慌てて部屋に戻ったら、さきほどの痩身の男性が待っていて、凪斗のバッグを返してくれた。だが、汚れた洋服はどこにもない。

「どうぞこちらへ」と案内される途中で、どこからか赤ん坊の泣き声が響きはじめて、前を行く男性が「……ったく」と小さく毒づくのが聞こえた。

足早に歩く瘦身を追いかけるうちに、赤ん坊の泣き声はどんどん大きくなって、男性がドアを開けたとたん、一気に鼓膜をつんざいた。

「な、なに……」

思わず指で耳を塞いで、状況を確認しようと務める。

「なにをしている」と、瘦身の男性が厳しい口調で説明を求めている。さきほど赤ん坊のおむつを替えていた女性が、「泣きやまなくて……」と、困ったように返した。

「いつものように、おむつを替えて、お食事を…と思っただけだったのですが……」

さきほどまでとは違うベビー服を着せられた赤ん坊が、とっちらかった離乳食の食器を前にして大泣きしている。

その青い目が凪斗を捉《とら》えて、ひくりっと小さな背が戦慄《わなな》いた。

赤ん坊に手を焼いていた一同の視線が、凪斗を捉える。凪斗は無言の催促に促されるまま赤ん坊に歩み寄り、そっと手を差し伸べた。

大泣きしていたのが嘘《うそ》のように、赤ん坊が泣きやみ、にこっと笑う。困り果てていた女性の肩から、ホッと力が抜けた。

抱っこを求めるように手を伸ばしてくるので、抱き上げるときゃっきゃと笑う。そして「ごはん」とねだるようにテーブルの上の食器に手を伸ばした。どうやら腹が減っているらしい。

「やったこと、ないんですけど……」

赤ん坊に食事などさせた経験はない。助けを求めるように周囲を見渡しても、逆に救いを求める目で見返されて、凪斗は観念した。

小さなスプーンを取り上げて、何で出来ているのかよくわからないムース状のものを掬《すく》う。恐る恐る赤ん坊の口許に持っていくと、赤ん坊はそれを美味しそうに食べた。

室内に満ちていた緊張が一気にゆるむ。

一方で凪斗の困惑は深まった。

自分はどうしてこんな場所に連れて来られなくてはならなくて、なぜ赤ん坊の面倒を見させられているのか、と……。

けれどどうやら、この場に状況説明をしてくれる気のある人は皆無らしい。

とりあえず赤ん坊にご飯をあげて、満足すれば眠くなるだろうし、そうしたら手を離れるはず。そのあとで、ちゃんと説明を求めよう。

半ば諦《あきら》めの心境で、食欲旺盛《おうせい》な赤ん坊に食事をとらせていたら、唐突に部屋のドアが開いた。

視線を上げると、大股《おおまた》に歩み寄る長身。黒髪に紺碧の瞳。端整な面立ちは、イタリアン美男子などと軽薄な言葉で形容するのが申し訳ないほど。

長身にしっくりと馴染《なじ》むスリーピーススーツは、ファッションに詳しくない凪斗の目にも誂《あつら》えだとわかる上品さ。

背後に人を従える様子から、命じることに慣れた立場にある人物だと理解した。まだ若い……たぶん三十代半ばくらいに見えるけれど、この館の主《あるじ》かもしれない。

――この人……。

ひと目見て、腕の中の赤ん坊に似ていると感じた。

「あの……」

この子の父親だろうか……と、問うまえに、男性の碧眼がゆるり……と見開かれ、その薄い唇から聞き慣れない単語が紡がれた。

「イルマ……？」

凪斗に尋ねているというより、自身に問いかけているかのようだった。

――……？

女性の名前？

凪斗が大きな瞳を瞬いていると、男性はまるで何もなかったかのように口許に笑みを刻んで、赤ん坊を抱く凪斗のまえに立つ。

「失礼」

ひと言断って、そして片膝《ひざ》をついた。長椅子《いす》に腰かける凪斗の足元に、傅《かしず》くかのような恰好《かっこう》だ。

「……あの……」

驚いた凪斗がさらに目を見開くと、「申し訳ない」と詫《わ》びられる。

「配下の者が手荒い真似《まね》をしたようだ」

連絡の行き違いがあったようだ…と言葉を足す。そして、指の長い綺麗《きれい》な手で凪斗の片手を掬いあげ、指先に口づける仕種《しぐさ》をした。

凪斗は驚きのあまり、呼吸も忘れて硬直する。

「私《わたし》はワルター・クリスティアン・ベルカストロ、この館の主です」

間近に凪斗を映す瞳は、吸い込まれそうな青だった。とても綺麗で、凪斗は言葉もなく見惚《みほ》れてしまう。

「あ…の、僕……」

極度の緊張に舌がからまって、自己紹介すらままならない。するとワルターと名乗った紳士は、片手を上げて軽く制した。

「百里凪斗くん。申し訳ないが、確認させていただいた」

「……え?」

ボディバッグには、パスポートが入っていた。まさかシャワーを浴びている間に……?

「気を悪くしないでもらいたい」

緊急事態だったので許してほしいと言われて、怪訝《けげん》に思いつつも頷《うなず》く。その理由は、ワルターのつづく言葉で教えられた。

「その子の名はユーリィ、私の甥《おい》です」

息子ではなく、甥っ子だと言う。

男の子か女の子か判断に迷うほどに可愛いらしい子だと思ったけれど、男の子だったようだ。

「きみは私の大切な甥っ子を誘拐犯の手から救ってくれた恩人だ」

サラリと紡がれた言葉は、一瞬鼓膜をとおりすぎたあと、ややして戻ってきた。

「……へ？　誘拐……っ⁉」

えぇぇ……っ⁉　と、大きな目をさらに大きく見開く。

言葉もなくワルターの碧眼を見つめていると、「逃走した誘拐犯は確保いたしました」と横から説明が補足された。

さきほど凪斗を案内してくれた痩身の男性だ。

「秘書兼専属医をしております、デュリオ・ガルヴァノと申します」

蜂蜜《はちみつ》色の金髪に灰緑の瞳が印象的な、さきほどはそんな余裕がなくて気づかなかったけれど、とても綺麗な男性だった。年齢はワルターより少し下くらいだろうか。

「捜索に出ていた者たちが、凪斗さまを誘拐犯と間違えたようで……私の目が行き届かず、大変失礼をいたしました」

深々と頭を下げられて、凪斗は恐縮した。ベルカストロ家は元貴族の家柄だと聞かされれば納得もする。誤解が解けたのならそれでいい。

「そ、そう…だった、んですか……」

ようやく心から安堵の息をつくことがかなって、ヘナヘナと長椅子の背に身体をあずける。腕のなかの赤子が、きょとり……と碧眼を瞬いた。零《こぼ》れ落ちそうに大きな瞳だ。

「きみ、ユーリィって名前だったんだ？　僕が呼ばれたのかと思ってビックリしたよ」

黒服の男が呼んだのは、「百里」ではなく「ユーリィ」だったのだ。

「あーうー」

凪斗の指をぎゅっと握って、ユーリィはご機嫌だ。

「ワルターさんにそっくりですね。甥ってことは……」

「私の妹の子だ」

ということは、ユーリィの母親も、黒髪碧眼のエキゾチック美人なのだろうか。そういえば、肝心の母親はどこに……？

尋ねようかと口を開きかけて、思いとどまった。何か事情があるのなら、立ち入るべきではないと思ったのだ。

腕のなかのユーリィは、母を求めて泣くでもなく、凪斗にくったくのない笑みを向けている。

館内は適温に保たれているからいいけれど、幼子の体温は本当に湯たんぽだ。子どものころ飼っていた猫に、夏場べったりとすり寄られて、嬉《うれ》しいけれど暑くて寝苦しくてしかたなかったことを思い出す。

「ずいぶんと懐いてしまったな」

ワルターが呆《あき》れたような、微笑《ほほえ》ましげな表情を向ける。

乳母にもこれほど懐いていないのに……と言われて、凪斗は少し誇らしい気持ちになった。

「ユーリィさまは凪斗さまに大変懐かれたご様子で、離すことができなかったと、部下が申しておりました」

なるほど、あのときユーリィが大泣きしたからしかたなく、自分は一緒に連れてこられたわけだ。

「物怖《お》じしない子だな…って思ってたんですけど……」

そういうわけでもなかったのか。

「どちらかといえば人見知りの激しい子だ。だが……」

少し考えるそぶりを見せて、それからワルターは、「無礼な申し出をお許しいただきたい」と前置きした上で、話を進めた。

「見たところ観光のようだが、先を急ぐ旅でないのなら、我が館に滞在してもらえないだろうか」

礼をしたいと言われて、驚いた凪斗はぶんぶんと首を横に振った。

「い、いえ、そんな……」

とんでもないっ！　と辞退する。たいしたことはしていないどころか、誘拐犯に間違われるようなことをして手を煩わせてしまったし、なによりこんなすごい館の主からの礼というのが、庶民の凪斗にはもはや怖い……。

「お礼をいただくようなことはなにも……」

「きみはユーリィの命の恩人だ。どれほど礼を尽くしても足りない」

「僕はなにも……」

ユーリィも無事だったことだし、そろそろ暇《いとま》を……そのまえに着ていた洋服を返してもらって、できればレンタカーを停《と》めてある街まで送ってもらえるとありがたいのだけれど……。

そんなことをワタワタと言いながら腰を上げる。抱いていたユーリィを同じく腰を上げたワルターの腕にあずけようとしたときだった。

「ふぎゃあぁぁあぁっ！」

大音量が広く高い天井に轟《とどろ》いた。

ワルターは碧眼を見開き、デュリオは反射的に耳を押さえ、乳母《おぼ》と思しき女性は腰を抜かしそうになっている。

「え？　えぇ？　なんでっ⁉」

慌てた凪斗がユーリィを抱き寄せる。

「ど、どうしたのかな？」

泣かないで、とあやすまでもなく、ユーリィはピタリと泣きやんだ。

「……え？」

まさか……と思いつつ、試しにもう一度、ワルターにあずけようとして……。

「んぎゃぁあぁぁっ！」

同じ結果になった。

これはもう、火をみるより明らかだ。

「ユーリィ……」

やだやだと四肢をばたつかせて泣きわめく幼子を見やることしばし、凪斗は諦めの心境でぎゅっと抱きしめた。

ピタリと泣きやんだユーリィは、凪斗を離すまいとするかのようにぎゅっとしがみついてくる。映像で見る、赤ちゃんコアラのようだ。

どうしたらいいんだろう……と困った顔でユーリィを見つめていたら、くくっと抑えた笑いが届いた。見ればワルターが肩を揺らして笑っている。

「あの……」

笑いごとじゃないと思うんですけど……と、凪斗が訴える視線を向けると、ワルターは「どうやら私の提案を受け入れる以外になさそうだが、いかがかな」と、凪斗の腕のなかのユーリィに手をのばしながら言った。

大きな手が、ユーリィのやわらかな黒髪をくしゃりと混ぜる。ユーリィは心地好さように笑った。

「じゃあ、お言葉に甘えて」

お世話になります……と、頭を下げるや否や、「ではお部屋の用意を」とデュリオが部屋を出ていく。

「あ、あの、車……」

レンタカーを放《ほう》っておけないのだけれど……と、その背に訴えると、ドアのところで足を止め、確認させますと返された。

凪斗がワルターの申し出を受けたあとになって、腕のなかのユーリィがウトウトしはじめる。凪斗はそっと長椅子に腰を戻した。

「きみがどこにも行かないとわかって、安心したのだろう」

長椅子の隣に腰を下ろして、ワルターが微笑む。すっかり寝ついたところで、ようやくベビーベッドに寝かせることがかなって、凪斗はホッと息をついた。

「赤ちゃんって、けっこう重いんですね」

ずっと抱いているのは、それだけで重労働だ。

「大変だったろう。申し訳ない」

改めてお茶の用意をさせようとテーブルに促される。凪斗が何気なく窓の外に視線を向けたら、

「テラスにしよう」とワルターが天井まである高い窓を開けた。

広いテラスの向こうに、絶景が広がっていた。噴煙を上げるエトナ山が、正面に望める。

「すごい……」

美しく成形された庭園と、その向こうにつづく小高い緑の丘にはアーモンドとオリーブの木々。その隙間《すきま》に小さく点々と見える白いものは羊の群か、それとも山羊《やぎ》か。

「僕、今日エトナ山周遊鉄道に乗ろうと思ってたんです」

雄大ですねぇ……と、テラスからの眺めに感嘆を零す。

「そうか。それは申し訳なかった。改めて案内させてもらおう」

そんなふうに言われて、「急ぐわけじゃないので」と慌てて言い繕った。

観光ビザの日数にはまだまだ余裕があるし、大学の休みも長い。

「ずいぶんと語学が堪能なようだが、海外は長いのかな？」

テラスの手すりにかぶりつく凪斗の隣に立って、ワルターが尋ねる。

「いいえ、休みのたびに遺跡巡りの旅をするのが唯一の趣味で……必要だから覚えただけです。英語はまだしも、イタリア語は日常会話くらいしかできません」

そそぐ心地好い風に目を細め、凪斗は肩を竦《すく》めた。

「遺跡？」

ワルターが興味深げに碧眼を細める。

「僕、大学で考古学を専攻してるんです」

「では、将来は考古学者に？」

ワルターの言葉に、凪斗は「まさか」と笑った。学者の肩書で食べていくのは不可能に近い。

「卒業後は、社会科の先生かな」

教員採用試験に受かれば……ですけど、とペロリと舌を出す。そして、就職前の最後の贅沢《ぜいたく》だと思って、奮発してシチリア一周旅行を企画したのだと話した。

「シチリア島を車で一周して、遺跡を見て歩く旅の途中だったんです。今日は朝からギリシア劇場にいたんですけど……」

シチリアに残る、ギリシア・ローマ時代の遺跡はどれも興味深い。イスラム文化の名残りのモスクなども荘厳で素晴らしいけれど、凪斗は朽ちかけた遺跡のほうに、より魅力を感じるのだ。

「ひたってたら、あっという間に時間が過ぎちゃってて……」

午前中をギリシア劇場だけで潰《つぶ》してしまった。

それで、そろそろ移動しようと思って、でもそのまえに腹ごしらえしようと思って街を歩いていたら、偶然ユーリィを見つけて、騒動に巻き込まれて……。

唐突に、空腹であることを思い出した。それに反応するかのように、お腹《なか》がきゅるる……と鳴る。

隣でワルターが目を見開く気配。凪斗は真っ赤になって俯《うつむ》いた。

「あ、あの……」

傍らのワルターが、クスリ…と笑みを零す。

「特製のスイーツを用意させよう」

今からランチでもかまわないけれど、そうするとディナーが入らなくなってしまうだろう。だから軽食を用意させようと思うがそれでいいだろうかと丁寧な確認。凪斗はひたすら恥ずかしいばかりだった。

「す、すみませんっ」

気にしないでくださいっとお腹を抱えて背を向ける。その肩を引き戻すかのように、後ろから大きな手が伸ばされた。

「わ……っ」

肩を引かれて、背後に身体が傾ぐ。背中がトンっとかたいものに当たった。ワルターの胸だ。痩身ではあるものの、決して小柄というわけではない凪斗がすっぽりと胸におさまってしまう。上質なスーツの下には、思いがけず力強い肉体が隠されているらしい。そういえば、上流階級の人間ほど、健康や肉体維持には気を遣うとどこかで聞いた記憶がある。

凪斗の肩を抱き寄せるようにして、ワルターが凪斗をテラスのテーブルへと促す。背を押されるままに、引かれた椅子にぎこちなく腰を下ろした。こんなふうにエスコートされるのははじめてで、どうしていいかわからない。

そこへ、絶妙のタイミングでドアがノックされ、デュリオが給仕の男性を従えて戻ってきた。「お待たせいたしました」と、手際よくテラスのテーブルにお茶の用意が調えられる。

お茶といっても、ここはイタリアだから、紅茶ではなくコーヒーだ。コーヒーはもちろんエスプレッソ。

給仕された大きな皿には、名産のブラッドオレンジとピスタチオを使ったタルトにシチリアの伝統菓子カンノーロ、アーモンドを使ったトロンナーニは小ぶりにカットされて、さまざまなフレーバーが盛り合わされている。さらには、大ぶりなブリオッシュとパニーノに生ハムとサラミを挟んだサンドイッチも。

空腹の凪斗のために用意された、かなりボリュームのあるラインナップだ。その証拠に、ワルターの前には、エスプレッソのデミタスカップだけが給仕されている。

「すごい……」

軽食？　とんでもない。凪斗の目には、充分すぎるご馳走《ちそう》だった。

こういう場面での遠慮はかえって失礼だというのが、亡母の躾《しつけ》だ。凪斗は「いただきます」と手を合わせて、さっそく美味しそうな湯気を立てるエスプレッソのカップに手を伸ばす。

「……!?　美味しい……！」

大袈裟《おおげさ》ではなく、イタリアに来てから飲んだ、どのエスプレッソよりも美味しかった。

さすがに本場だけあって、街の小さなバルで飲んでも空港などの公共施設内の売店で飲んでも、大概美味しかったのだが、やはり違いはあるのだとはじめて知る。

「その都度焙煎《ばいせん》して挽《ひ》きたての豆で入れている」

甘いものが好きなら、最後にジェラートと合わせるアフォガートか、生クリームを添えるカフェ・コンパナを楽しむといいと言われて、素直に「はい」と頷いた。

まずは、フレッシュな野菜や生ハムがたっぷりと挟まれたパニーノにかぶりつく。これも、どこで食べたものより美味しくて、その理由は焼きたてのパンと具材の新鮮さにあるのだと気づいた。もしかしたら全部自家製かもしれない。

「お店でいただくのより、ずっと美味しいです」

「口に合ったのならよかった」

シェフも喜ぶ、と返されて、やはり全部手作りなのだと納得する。

真っ赤なブラッドオレンジの飾り切りが添えられたタルトにフォークを入れると、滑らかなフィリングが鮮やかなグリーンを覗かせた。ピスタチオのクリームだ。シチリアで収穫されるピスタチオは世界随一の品質だと聞いたことがある。

「濃厚！　でも美味しい！」

こちらもシチリアのスイーツのわりに上品な甘さで食べやすい。

美味しいものは人を幸せな気持ちにしてくれる。ユーリィを見つけたときからのバタバタで緊張を強いられていた気持ちがホッと和んだ。そうしたら、現金なもので、むくむくと食欲が湧いてきて、凪斗は大ぶりのパニーノをペロリと平らげてしまった。

たぶん、凪斗が二十年ちょっとの人生で口にしたスイーツのなかでトップ5に入る美味しさと美しさだろうスイーツも遠慮なくいただき、どうしようかと悩んだのも一瞬のこと、デニッシュにもかぶりつく。

若い凪斗の旺盛な食欲を微笑ましげに眺めながら、ワルターはさまざまなことを尋ねてきた。

これまでに何カ国くらい巡ってどんな遺跡を観てきたのか、どこの遺跡が一番よかったか、家族はなんと言っているのか、志を同じくする友人や恋人の存在は？　子どものころから遺跡に興味があったのか？　といった凪斗の専門分野に関係することから、好きな食べ物は？　旅行以外の趣味は？

兄弟はいるのか、といったごくごくプライベートなことまで。

凪斗は訊かれるままに答えた。

遺跡巡りの旅は、専門分野に関係なく行ってみたいところを直感で決めて旅に出ていることとか、意外と英語が通じなくて、スペイン語を勉強しておくべきだったと感じる場面が多いこと、大学の友人たちは皆感心してはくれるもののそれだけで、凪斗の旅話を楽しそうに聞いてくれるのは老教授だけであること。残念ながら恋人はいないし、実は家族もないこと。

「両親は早くに亡くなりました。親戚《しんせき》も遠いので、もうずっとひとり暮らしです」

これまで、大学の友人にすら、あまり話したことはない身の上話だった。訊かれれば、「いない」と答えるけれど、それ以上はあえて言及しないようにしているからだ。

気ままでいいね、なんてのは、家族の愛情も温かさも充分に知っているからこそ言える言葉であって、どちらも早くに失ってしまえば、血縁がもたらす面倒すら羨《うらや》ましい。

「おかげで、家事全般が得意です。趣味と実益を兼ねて、お味噌《みそ》仕込んだり梅干し漬けたりもします。そういう話をすると、女の子は寄ってこなくなるんです」

イタリア人に味噌や梅干しが通じるだろうかと思ったものの、さすがに上流階級の紳士だけあって、ワルターは博識だった。食にこだわる人にとって、今や日本食は常識だ。碧眼を見開いて感心される。

節約のためにしてるだけなんですけど……と、肩を竦める。くだらないことまで話してしまったかな…と思ったけれど、ワルターは興味深そうに碧眼を瞬いて、それから小さく笑った。

「では、学校は奨学金で？」

「はい。あとはアルバイトで賄ってます。両親が幾らか残してくれましたけど、それはいざというときにとっておかないと」

そう言うと、ワルターは「真面目《まじめ》なんだな」と感心したように言った。

急に恥ずかしくなって凪斗は瞳を伏せる。

慣れない場所での高揚感もあるだろうが、それ以上に、ワルターの甘さのある声で訊かれると、つい答えてしまうのだ。

独特のテンポがあるというか、彼の纏う雰囲気がそうさせるのだろう。懐に引き込まれるような、呑《の》まれるような、不思議な魅力のある人物だ。

「ユーリィは幸せですね。こんなに大切にされて」

自分に家族がないだけに、心配してくれる人が大勢いるユーリィを羨ましく感じた。誘拐なんて聞くと物騒だけれど、これだけの家柄ともなればいろいろあるのだろう。

もしかすると御家騒動かもしれない。警察の姿を一度も見ないのもあって、凪斗はそんなふうに考えた。表沙汰《おもてざた》に出来ない……なんて、サスペンスドラマの専売特許のセリフのようだけれど、それが実際に使われるような家もあるに違いないと、漠然と想像する。

テラスでお茶をしている間も、目の届くところにベビーベッドが置かれて、すやすやと眠るユーリィの寝顔を確認することができる。

顔立ちの整った赤子は、寝顔まで綺麗だった。

するとそこへ、どこからともなく、ととと…と真っ白な猫がやってきて、ぴょんっとベビーベッドに飛び乗る。そして、まるで仔猫《こねこ》を守るかのように、ユーリィの傍らで丸くなった。

凪斗が目を丸くしていると、ワルターのためにエスプレッソのおかわりを用意していたデュリオが、「ユーリィさまの乳母です」と、ふわふわな毛の猫を紹介してくれる。

「乳母？」

猫が？　と思わず見やると、毛並みの美しい真っ白な猫は顔を上げて、その目に凪斗を映した。左右の目の色が違っていて、とても綺麗だ。

するとワルターから、「牡《おす》だがな」との指摘が飛ぶ。乳母というより、小さな弟の面倒を見ている兄のつもりなのだろうと彼は笑った。

「猫はネズミをとってくれますから、館でも農園でも昔から飼っているんですよ」

そう説明を補足したのはデュリオだった。

「代々の血統があるようで、農園に棲《す》みついている猫たちは狩りが上手《うま》くて、館に棲みついているほうは子守が上手いと聞いております」

ということは、この立派な館を住処《すみか》とする猫は、あの真っ白な一匹だけではないということか。なんて恵まれた猫たちだろう。羨ましい……なんて、ついうっかり思ってしまう。

ワルターに断って席を立ち、ベビーベッドにそっと歩み寄った。真っ白な猫は、ピクリと耳を反応させ片目を開けたものの、動かない。

引っ掻《か》かれるだろうかと恐る恐る手を伸ばす。猫は何も言わず、凪斗に頭を撫《な》でさせてくれた。シルクのような手触りの毛並みに感嘆のため息を零し、それからユーリィの頬をそっと撫でる。こちらもすべすべだ。

その指先を、真っ白な猫がペロリと舐《な》めた。ザラザラした舌の感触がくすぐったい。ユーリィに触れることを許された気がして「ありがとう」と声をかける。

「この子は、母親を亡くしたばかりなんだ」

沈痛な声が、唐突に重い真実を紡いだ。

「……え？」

すぐ間近で声がしたことにも驚いて顔を上げる。視線の先に、ワルターの横顔があった。青い瞳には深い悲しみが揺らぐ。

「妹は、幼いユーリィを残して死んだ。だから今はこの子が、私の唯一の親族だ」

母親を亡くし、そして父親もいないのだという。端的に紡がれた言葉の重さが、じわじわと胸に沁《し》み込む。言葉を失っていた凪斗は、はっとして慌てて詫びた。

「す、すみませんっ、何も知らずに勝手なことを言ってしまって……」

幸せだなんて……たしかにリルターにも使用人たちにも愛されて、幸せであることに間違いはないけれど、でもこの歳《とし》で母親を亡くした子どもにかけていい言葉ではないだろう。

早くに亡くしたといっても、凪斗には両親とすごした記憶がある。けれどきっとユーリィは、写真や映像のなかでしか母親を知らずに育つのだ。

肩を落とす凪斗に、ワルターは「きみのおかげだ」と、意外な言葉をかけてくる。

「きみのおかげで、ユーリィの心からの笑顔を久しぶりに見た」

母親を亡くしてから、どこか不安げな表情が拭《ぬぐ》えなかったという。そのユーリィが凪斗に抱かれてきゃっきゃと笑っているのを見て、実は驚いたのだと言われた。

「まだ、こんなに小さいのに……」

父も母もなく、唯一の肉親は伯父にあたるワルターだけだなんて……。

小さな手を取ると、無意識の行動だろう、きゅっと力がこめられる。それとも、夢の中で母親の手を握りしめているのだろうか。

「きみは、妹のイルマに雰囲気が似ている」

「……え？」

それは、ワルターが一番最初に、思わず……といった様子で呟いた名だった。主の言葉に、背後に従うデュリオも頷く。

「じゃあ、ユーリィは……」

僕をママと間違えて？　だからあんなに……？　離れようとすると泣いたのは、二度と母親を失いたくないと思ってのこと……？

「ユーリィ……」

今は穏やかな寝顔を見せる赤子が背負ったものを思うとたまらなかった。

ポロリ……と、涙の雫《しずく》が頬を伝う。

傍らで、ワルターが静かに目を見開くのがわかった。

一度あふれだした涙はなかなか止まらなくて、果てには亡くなった自分の両親の顔まで浮かんできて、凪斗は戸惑った。

「どうして……」

おかしいな……と涙を拭う。どうして止まらないのだろう。

「すみません。なんか……」

みっともない顔を見られたくなくて背を向ける。

その肩に、今度はそっと大きな手がのせられた。さきほどのようには驚かなかった。でも振り向けないでいたら、さきほど以上にやさしい所作で引き寄せられて、肩がとんっと広い胸にあたる。耳元で、「ありがとう」と甘い声がした。

ワルターの指が、旅行の間に少し伸びた凪斗の髪をサラリと掬う。やさしく頭を撫でられているかのようだ。

「大切な旅行の邪魔をして申し訳ないと思っている。だが、この子のために、しばらく屋敷にとどまってほしい」

一泊二泊ではなく、もう少し長く時間を割いてもらえないかと言われて、凪斗は涙をたたえた瞳を上げた。その先には、真摯《しんし》な色を浮かべる碧眼がある。

軽い気持ちで旅人を引き止めているわけではないとわかったら、断る理由など見つからなかった。

「はい、僕に出来ることならなんでも」

ユーリィのためなら、いくらでも時間をつくりますと返す。

観光ビザの期限は九十日。まだまだ余裕がある。ユーリィとしばらく過ごしたあとでも、残りの旅程をこなすのは難しくない。

「その言葉を聞いて安心した」

ユーリィも喜ぶ、と綺麗な笑みを向けられて、凪斗は頬が熱くなるのを感じた。性別に関係なく、綺麗すぎる存在は人を落ちつかなくさせるのだと、はじめて知る。肩を抱く手の感触が、なぜだか気恥ずかしくなった。

かといって、振り払うこともできないし、どうやって逃れようか。

そんなことを考えながら、じっと青い瞳を見上げていたら、ワルターの綺麗な指が凪斗の頬に伸ばされて、涙の痕《あと》を拭ってくれる。ドキリ…として、長い睫毛を瞬《しばたた》いたら、溜まっていた雫がまた零れ落ちて、ワルターの眉《まゆ》が痛ましげに顰《ひそ》められた。

涙の痕を辿った指が、唇の端を拭う。まるで頤《おとがい》を捕られ、口づけられる寸前のような体勢に気づいて、凪斗は目を瞠った。熱い頬がさらに熱くなる。

ワルターの碧眼が愉快気にゆるむ。端整な唇が、揶揄《やゆ》の言葉を紡いだ。

「そうかたくなられると、ますます悪戯《いたずら》をしたくなるな」

「……は？」

なにを言われているのかわからず、凪斗は長い睫毛を忙《せわ》しなく瞬く。ワルターは軽く肩を竦める仕種をして、同意を求めるかのようにデュリオを見やった。クールな美貌の秘書が、クスリと笑みを零す。

「青少年を揶揄《からか》うのは良い趣味とはいえませんね」

主を諫《いさ》め、デュリオが細めた視線を凪斗に向ける。「わからなくていいのですよ」と、まるで教師のような口調で言われた。

凪斗はきょとりと目を見開く。そんな凪斗の反応を見て、ワルターは小さく笑い、デュリオはますます微笑ましげに目を細めた。

「彼がユーリィさまの子守を引き受けてくれている間に、お部屋へご案内いたしましょう」

デュリオの声に、白猫はユーリィの傍らに寝そべった恰好のまま、片耳をピクリと反応させる。了解との意思表示らしい。

ワルターに肩を抱かれた恰好のまま、自分のために用意された部屋へ案内される。

長い廊下を歩いて、たどり着いた先には重厚なドア。そのまえで待っていた執事と思しき初老の男性が、恭しくドアを開けてくれる。

デュリオはワルターの秘書で、屋敷内にいないことも多いから、生活上で何か困ったことがあれば執事か女中頭が対応してくれるとのことだった。

ドアの向こうには、これまた豪奢《ごうしゃ》な世界が広がっていた。美術品クラスの調度品に、明るい太陽光を取り込む大きな窓、続きの間がベッドルームになっていて、この屋敷に連れられてすぐに凪斗が使ったのとは別の広いバスルームにつながっているのだという。

ライティングテーブルの横に置かれた自分のバッグの安っぽさと空間の豪華さとが、あまりにもちぐはぐだった。

「……え？　ここ……？」

思わず呟いてしまったのは、凪斗が想像するところのゲストルームの域を大きく逸脱していたからだ。不満などあろうはずがない。——が、元貴族の感覚は庶民のそれとは大きくかけ離れていた。

慌てた顔をしたのは執事だ。

「ご希望がございましたら、可能な限り添うようにさせていただきます」

気に入らないところがあれば言ってほしいと言われてしまって、今度は凪斗が驚く番だった。

「……え？　ち、違いますっ、広すぎて……申し訳なくて……」

気に入らないなんてとんでもない！　と慌てて顔のまえで両手を振る。

もっと小さな部屋で充分なのだけれど……と傍らのワルターを見上げた。ワルターは老執事を見やって、「気に入らぬわけではないようだ」と笑う。凪斗の反応の意味がわかっていないようには見えないのに……。

「それはようございました」

老執事はほくほくと微笑んで、「なんなりとお申し付けください」と、まるで客の我《わ》が儘《まま》をかなえることこそ生き甲斐《がい》とばかりに言葉を足した。

「あ…りがとう、ございます……」

広すぎて落ち着かない……と、恨めしい気持ちでワルターを見下げながらも口に出せず、凪斗は救いを求めるようにデュリオに視線を向ける。——が、こちらもまるで取り合ってはくれなかった。広すぎて落ち着かない……なんて、気持ち自体、彼らには理解不能なのだろう。

すぎたもてなしに、恐縮するのもとおりこして、もはや唖然とするよりほかない。ユーリィの件がなければ、早々に逃げ出すところだ。

だが、「なんでもする」と言ってしまった言葉は還《かえ》らない。こうなったらもう、この状況を楽しむよりほかない。

備品の所在など、部屋についてひととおりの説明を受けて、頷いたときには、半ば開き直りの心境に達していた。

「ディナーの準備が整いましたら、お呼びいたします」

好き嫌いやアレルギーなどはないかと訊かれて、凪斗は首を横に振った。食べられないものはないし、ありがたいことにアレルギーとも無縁だ。

「ユーリィがおとなしく寝ているうちに、少し休むといい。起きたらきっと、凪斗を探すだろうからな」

　ワルターの言葉に老執事がわずかに目を眇《すが》めたのは、自分と似ているという、ユーリィの亡き母親に思いを馳せたからかもしれない。この館にかかわる人は皆、同じ思いを抱くのだろう。

　人を呼ぶときは呼び鈴を使うようにと言い置いて三人が部屋を出ていって、凪斗はようやくひとりになることがかなった。

　ホーッと深い息をつく。

　なんだかどっと疲れが襲って、手近なソファにごろんっと寝転がった。高い天井を見上げているうちに、満腹なのもあって、瞼《まぶた》が重くなる。

　部屋が広すぎて落ち着かない……と、ついいまさっき思ったばかりなのに、生理現象には勝てなかった。肉体的な疲れより、精神的な衝撃のほうが、ダメージは大きいのだ。


　ワルターが部屋に戻ると、ユーリィの子守役が変わっていた。白猫から白地にブラウンマッカレルタビーと呼ばれる毛並みの、やはり牡猫に。牡猫しか子守をしないのはいったいどういうわけなのかと思いつつ、ワルターはユーリィが熟睡していることを確認した。

　子守は猫に任せ、デュリオを伴って執務室に足を向ける。そこでは、ひとりの男がワルターとデュリオを待っていた。

「やあ、ずいぶんと可愛いらしい誘拐犯だったそうで」

雇用主に対しても、かまわず気安い口を利く男――ベルカストロ家の顧問弁護士兼傘下の企業弁護士を務めるジュリアーノ・ヴェントラを諫めたのは、ワルターではなくデュリオだった。

「言葉に気をつけろ。凪斗さんはユーリィさまを助けてくださったのだ」

「らしいな。イルマさまに似てるって？」

そもそも幼馴染の関係にあるふたりは、配下の者の目がない場所ではいつもこの調子だ。

絵に描《か》いたような金髪碧眼のジュリアーノとクールな美貌のデュリオが並ぶと、派手なことこの上ないが、ワルターにとっては見慣れた光景だ。

今現在、ワルターのブレーンの中心にいるのがこのふたりで、ワルターがベルカストロ家当主の座を引き継いで以来、公私にわたっての付き合いで今日に至っている。

「どうだかな。近くで見れば、さして似ているとも思わんが……」

はじめて見たときには、たしかにイルマが生き返ったのかと思ったが、そんな考えは一瞬のものだった。

ふとした仕種や表情には、ときおりドキリとさせられるものがあるが、正面から見てよく似ているかといえば、そういうわけでもない。それでも、ユーリィがあれほどに懐くのには、なにか意味があるのだろう。

だが、ワルターが凪斗を引き留めた理由は、実のところそれだけではなかった。

「報告書はこちらに。彼は完全にシロですが、今外に出すのは得策とは言えませんね」

ジュリアーノが、ワルターのデスクにデジタルメディアを滑らせながら言う。

「やつらに顔を見られている可能性がある。見つかったら――」

途中で言葉を切って、ジュリアーノは、左手で何かが弾けるようなジェスチャーをした。擬音を口にしなかったのは、デュリオの灰緑眼が睨《にら》んでいたからだろう。

「やつらが探しているのはデータです。それに凪斗さんがかかわっている可能性はゼロですが、やつらがなにをどう誤解して行動に出てくるかはわかりません」

デュリオが説明を補足する。

「しばらくはユーリィが彼の足を引き留めてくれる。その間に片づけろ」

ワルターの指示に、金髪長身の側近はそろって腰を折る。

「かしこまりました」

優秀なビジネスマンと弁護士の仮面を完璧《かんぺき》にかぶって、彼らはワルターのまえに立つ。そしてワルターも、明るい太陽光の下では、イタリア屈指の名家の当主であり実業家の仮面を外すことはない。

仮面の存在を知られることなくかぶりつづける。それができなければ、この島で生きていくことはできない。

この島には今なお、闇の力が息づいている。陽の当らぬ場所でのみ、蠢《うごめ》く力だ。

2

汚れた口のまわりを綺麗に拭《ふ》いてやると、ユーリィは嬉しそうにニコッと笑った。

「おなかいっぱい？」

「あーう」

気持ちのいい風の吹きぬけるテラスで、ワルターと三人での朝食。ユーリィは凪斗《なぎと》の膝で終始ご機嫌だった。

「本当のママみたいですねぇ」

いろいろアドバイスをくれる女中頭は、生きていれば凪斗の母親と同世代くらいだろうか、いかにもイタリアのマンマといった雰囲気の明るい女性で、慣れない凪斗をフォローしてくれる。

「こんなに懐かれて」

凪斗に抱かれてきゃっきゃと笑うユーリィに目を細めて……正しくは、新妻よろしく赤子をあやす凪斗を微笑ましく見やって、女中頭は「可愛らしい」と笑う。

柔和な面差しで、大柄なイタリア女性よりも骨組みの細い凪斗は、とても成人しているようには見えないのだろう。子どもが子どもをあやしているように、彼女の目には映っているのかもしれない。まさか、本当に少女と間違われていることはないと思いたい。

「赤ちゃんって可愛いですね。僕、ひとりっ子なので、ずっと兄弟に憧《あこが》れていたんです」

弟というには歳が離れすぎているけれど、可愛いことに違いはない。この子のためなら、なんだってしてあげたくなる。

するとユーリィが、何か不満を訴えるかのように、凪斗の頰をぐいっとやった。「どうしたの？」と瞳を瞬かせると、傍らからクスリと笑みが落とされる。

「ユーリィさまは、ママだと思ってらっしゃるようですよ」

兄弟ではないと訴えているのだと言われて、凪斗は「そうかなぁ？」と首を傾げた。

「でも、ママは無理だよ」

どうがんばっても産めないし……と、小さな手をとって宥《なだ》めるも、ユーリィは納得いかない顔で文句を言う。

「あーうー」

その澄んだ碧眼を間近に見て、凪斗はクスクスと笑った。

「わかったよ。ママになってあげるから」

喋《しゃべ》れなくても言葉がわかるのだろうか、ユーリィはニッコリと笑った。ご機嫌を直してくれたらしい。

「凪斗さまは、もうよろしいのですか？」

ユーリィに食べさせることに必死になっていて、自分の食事がおろそかになってはいないかと気遣われる。凪斗のまえの皿には、大ぶりなペストリーとサンドイッチが手つかずで残っていた。凪斗が口にしたのは、シチリア名物のブラッドオレンジジュースとフルーツ、グリーンサラダのみ。

「昨夜、食べすぎちゃって……」

朝起きたとき、胃の中には昨夜のディナーが未消化のまま残っていた。

すみません……と、昨夜の豪華なディナーを思い起こしながら詫びる。あまりのすごさに、つい勢いのままに食べてしまった自分を反省した。

「日本の方は食が細いと聞きますけど、本当なんですね」

凪斗を責めるふうでもなく、女中頭は呆れたように言って、テーブルを片付けはじめる。単純に、そんなに食が細くて大丈夫なのかと心配している様子だった。日本人としては、ごく一般的な食事量だと思うのだけれど……。

「だって、夕ご飯すごかったんだよ」

女中頭がテーブルを離れるのを待って、凪斗はユーリィに話しかける。ユーリィは青い瞳を瞬いた。

本当に宝石のように澄んだ色味だ。ワルターとそっくり同じ色に見えるけれど、赤子の瞳は大人のそれとは違う透明感を持っている。

ユーリィの瞳を見ていたら、ワルターのそれを思い出してしまって、凪斗はドキリとした。昨夜、ディナーテーブルにエスコートされたときのことを思い出したのだ。

昨日、あのあと案内された部屋のソファで転寝《うたたね》をしていた凪斗は、ディナーに呼ばれるノック音で起こされた。

ドアを開けた執事は、ワルターからの届け物だと言って、大きな箱を携えていた。いったいなにごとかと首を傾げていたら、「こちらにお着替えください」と箱を開かれ、納められているのがスーツだとわかって、貴族の家では自宅でのディナーにもドレスコードがあるのかと驚いた。

ノータイのカジュアルなデザイン……と説明されたところで、凪斗がこれまでの人生で袖《そで》を通した経験もないようなデザイナーズブランドの品を着て食卓につく緊張感は変わらない。

どうしよう……と悩んだところで、郷に入れば郷に従うよりほかない。恐る恐る袖を通して、タイがないだけよかったものの、着こなしというものがわからない。これでいいのだろうかと鏡のまえでおたおたしていたら、待ちかねたのかワルターがやってきて、鏡越しに顔を覗きこまれた。

「思ったとおり、よく似合っている」

お世辞としか思えないことを言われて、凪斗は頬が熱くなるのを感じた。

そういうワルターは、さきほどまでとは違うスーツに着替えている。光沢のある生地が華やかな印象だ。ビジネスモードのスリーピースでも充分に目を惹《ひ》く容貌の持ち主がこうした恰好をすると、もはや目のやり場に困る。

「お待たせしてすみません……」

振り返るのも怖い気がして、鏡越しに応じる。

すると、ワルターの手が襟元に伸ばされた。身動きできないまま鏡を凝視していると、優雅な手が襟を整え、シャツの皺《しわ》を伸ばしてくれる。そこでホッとしたのも束《つか》の間、つづいて前髪を梳《す》きあげられて、思わず首を竦めてしまった。

鏡の向こうのワルターは、口許に笑みを浮かべはするものの、何も言わない。凪斗の反応を面白《おもしろ》がっている様子だ。

「綺麗な髪だな。さわり心地がいい」

言いながら、手櫛《てぐし》で髪を整える。地肌を擽《くすぐ》る感触に、凪斗はまた首を竦めた。

「あ、あの……」

「じっとして」

耳元で命じられて、凪斗は硬直する。

鏡には、ワルターに背中から抱きかかえられるような恰好の自分が映っている。実際には、彼の手は凪斗の髪をいじっているだけなのだけれど、背後からおおいかぶさられているために、そんなふうに見えるのだ。

「すみません。僕、こういうちゃんとした恰好、ほとんどしたことがなくて……」

手間を取らせてしまって……と詫びると、髪をいじっていた手に頤を捕られた。

「……っ!?　あの……っ」

驚いて目を丸くすると、さらに近い位置で甘い声。

「顔を上げていなさい」

「……え？」

鏡のなかでは、まるで耳元に口づけるような距離で、ワルターが凪斗に囁《ささや》いていた。

「そのほうがいい」

「は……い」

思わず子どものように頷いていた。少し髪をいじっただけなのに、鏡のなかに見慣れぬ自分がいて驚く。

ワルターは満足げな顔で、凪斗の身長に合わせて屈《かが》めていた腰を起こし、そして手を差し伸べてくる。女性じゃなくてもホストがゲストをエスコートするものなのだろうかと疑問に思いながらも、素直に応じていた。

ワルターの低い声にも優雅な物腰にも、逆らえない何かがある。

招かれたダイニングには、目もくらむような光景が広がっていた。

映画でしか見たことのない長いダイニングテーブルに、壁にかかる燭台《しょくだい》、テーブルを飾る豪奢な花と名窯《めいよう》作の食器類、銀色に輝くカトラリー。

ワルターに椅子を引かれてテーブルにつくと、シチリアの海と山の幸をふんだんに使ったイタリア料理の数々がテーブルを飾った。さらには、ベルカストロ家自慢のハウスワインまで。

アルコールにはさして強くない凪斗でも呑めてしまう喉《のど》ごしの良さは、防腐剤などの添加物をつかっていないからだと、給仕しながら老執事が教えてくれた。

まるで懐石料理のように美しい盛りつけの前菜からはじまって、殻つきの生ウニが飾られたウニのパスタは絶品だし、放牧羊のローストはまったく臭みがない。焼き立てパンと搾りたてのオリーブオイルの組み合わせで食欲が止まらなくなって、デザートまで一気に食べ進めてしまった。

デザートには、名産のブラッドオレンジとレモンリキュールを使ったクレープシュゼットが出されて、凪斗は炎の演出に歓声を上げた。食後のエスプレッソに添えられたチョコレートはしゃりしゃりとした独特の食感で、不思議な美味しさだった。

食後は、ワルターに誘われてチェスに興じた。チェスと将棋は、凪斗の数少ない特技だ。予想外の強さにワルターは愉快そうな顔をして、それでも手を抜いてはくれなかった。

ひとしきり盛り上がって、最初はチェス盤を挟んで向き合っていたのが、途中から対戦がレクチャーに変わって、気づけばソファに並んで腰かけ、ワルターに身を寄せるような恰好で手ほどきを受けていた。

ワルターはさすがの博識で、考古学の世界しか知らない凪斗に、チェスを教示しつつ、さまざまなことを語ってくれた。いつの間にかワルターの声に聞き入っていて、チェスがおろそかになってしまったほど。

間近に聞くワルターの低い声があまりに心地好くて、しまいには肩に体重をあずけるような恰好で、こっくりこっくりしてしまって、ハッと気づいて慌てた。

居眠りなんて、小さな子どものようなことをしてしまって、恥ずかしくてたまらなかった。ワルターは「疲れたのだろう」と笑って、凪斗を部屋まで送り届けてくれた。

それが昨夜のこと。

思い出して、凪斗は頬が熱くなるのを感じた。

「きみの伯父さん、カッコよすぎだね」

「あーうー」

ユーリィの青い瞳を見やって呟く。ユーリィはきょとりと大きな目を瞬いて、小首を傾げた。

すると、ふいに膝に重み。

「わ……っ」

「なぁう」

ユーリィを抱く凪斗の膝に、ふわふわな毛の真っ白な猫が飛び乗ってきたのだ。昨日、ユーリィに添い寝していた子守猫だ。

真っ白な猫は、ユーリィにヒゲを引っ張られても怒ることなく、やわらかな頬をペロリと舐めた。

あまりの愛らしさに、凪斗はひとりと一匹をぎゅっと抱きしめる。

「可愛い……！」

自分と同じサイズのぬいぐるみを抱くような恰好で白猫とじゃれるユーリィを膝に抱いて、凪斗はふふっと微笑んだ。

「楽しそうだな」

なにを思い出し笑いしている？　と耳朶《じだ》に甘い声。

「……!?　ワルター……さん」

足音もなく背後に立ったワルターが、上体を屈めて、凪斗の耳朶に唇を寄せている。

「ワルターでいいと言ったはずだ」

敬称など必要ないと言って、足元にすり寄ってきた茶色っぽい毛色の猫にチラリと視線を落とし、ワルターは凪斗の隣に腰を下ろした。長い足を優雅に組む。

すると猫は、「ふみゃあ！」と不服気に一鳴きしたあと、ぴょんっとワルターの膝に飛び乗った。

ワルターの眉がやれやれ……といったふうに寄せられる。凪斗はクスリと笑みを零した。

「抱っこしてほしかったんですね」

何匹かいる、子守猫のうちの一匹だ。猫はワルターよりも、ユーリィに興味がある様子で、ふんふんと鼻を寄せてくる。

「お仕事はいいのですか？」

朝食を一緒にとっていたのだけれど、ワルターに緊急の連絡が入って、席を外していたのだ。

「中座してすまなかった」

もう終わったと言われても安堵はできなかった。自分がワルターの仕事の邪魔をしているのではないかと思ったからだ。

「僕はひとりでも平気ですから。ユーリィもいるし、猫ちゃんたちも……」

だからかまわず仕事に行ってくださいと言うと、「仕事ならどこにいてもできる」と軽く返される。

「館に執務機能の大半がある。私がオフィスに出向くことは、年に何度もない」

「そ……うなんです、か……」

庶民の暮らししか知らない自分を恥ずかしく思った。ワルターのような立場なら、毎朝出勤する必要もないわけだ。

「きみに抱かれているとご機嫌だな」

「あーうー」

ユーリィは、白猫の尻尾《しっぽ》をひっぱって遊んでいる。

甥っ子の愛らしい姿に目を細めて、ワルターはこのあとの予定について提案を寄《よ》こした。

「ユーリィのベビー服を新調させようと思うのだが、一緒に選んでもらえるだろうか」

そもそも遺跡巡り以外に予定などあるはずもなく、ベルカストロ家にお世話になっている間はユーリィの世話以外にすることもない。

凪斗が頷くと、先に立ったワルターが手を差し伸べてくれる。白猫がぴょんっと膝から降りた。

片腕にユーリィを抱いて、ワルターの手に自分の手を重ねると、強く握られ、引き上げられた。二匹の猫が、凪斗の足元にじゃれつく。

「こら、危ないぞ」

主の言葉に、猫たちはおのおの応じるように尾をひとふりして、先だって歩きはじめた。

ユーリィを両腕で抱きなおすと、ワルターの手は凪斗の背にそっと添えられる。女性じゃないのだけれど……と多少の困惑を覚えつつも、大切に扱われるのは嫌な気分ではなかった。

家族を失ってから、もうずっと長い時間ひとりで生きてきて、こういう触れ合いに餓《う》えていたのかもしれない。腕のなかのユーリィの高い体温が愛《いと》しくてならないのも、きっと家族愛への餓えがもたらす感情だろうと、凪斗は己の心情を分析する。

学校に行けば友だちがいるし、気にかけてくれる親類もいないわけではない。それでもやはり、家族がくれる愛情とは違う。

ユーリィのための買い物に付き合うのだと思っていたから、車で出かけるのかと思いきや、ワルターが足を向けたのは客間だった。

そこで待っていた数人の男女が、ワルターを認めるなり起立して、恭しく腰を折る。彼らを紹介してくれたのは、書類を手に部屋に入ってきたデュリオだった。

「デザイナー……？」

彼らは、ベルカストロ家に出入りするデザイナーとその助手だという。凪斗の頬がヒクリ……と戦慄いた。

まさか、ベビー服をオーダー？

そこまでするのか？　という驚きをこめた視線で傍らのワルターを見上げると、「好きな柄やデザインを言うといい」と、凪斗の驚きに関しては完全スルー。……というか、気づいてない。

デュリオの指示で、デザイナーと助手たちは、大きなテーブルの上で布地やらデザイン画やらを広げはじめた。タブレット端末には、デザイン画がスライドショーで表示されている。

唖然としていると、デザイナーたちがここぞとばかりに話を進めはじめて、凪斗は目がまわりそうになった。

「瞳と同じブルーがお似合いになられると思います」

「オーガニックコットン百パーセントの生地で、肌触りも素晴らしく――」

「伸縮性も充分ですので、お着替えのときのストレスも軽減され――」

半ば放心状態でデザイナーの言葉に相槌《あいづち》を打っていたら、今度は部屋に次々と荷物が運び込まれ、梱包《こんぽう》が解かれていく。

なにかと思って顔を向けると、「オーダーしていた木工玩具《がんぐ》が届いたのです。木工家具作家の手によるもので、天然木を使った玩具が評判なのですよ」と、やはり説明してくれたのはデュリオ。

これも全部、ユーリィのための……？

凪斗が言葉をなくしている横で、ワルターは涼しい顔だった。貴族の生活というのは、皆こんな感じなのだろうか？　もちろん、イタリアの貴族制度がもうずいぶんと昔に撤廃されていて、その称号に社会的な権威がないことは知っているけれど……。

「これじゃあ、親バカならぬバカ親ですよ、ボス」

聞き覚えのない声がドアのほうからして、凪斗は顔を向けた。上質なスーツをラフに着こなした長身の男性が大股に歩み寄ってくる。

気安い口調に、不快感を露《あら》わにしたのはデュリオのほうで、ワルターは平然とその言葉を受け流した。

ワルターを静だとしたら、彼は動だろうか。クールな美貌のデュリオを月に譬《たと》えるなら、彼はまさしく太陽。そんな派手な印象の、金髪碧眼美丈夫だった。同じ金髪でも、デュリオの髪色とはまるで違う。

どんなに整った容貌をしていても、強烈な存在感を覚えても、ワルターに対して「俳優さんだろうか」なんて印象は絶対に抱かない。そういう威厳のようなものが彼にはある。

だが、金髪碧眼の男性に対して凪斗が最初に抱いたのは「モデルさん？」という印象だった。たまたまデザイナーという存在がこの場にあったから、というのもあるが、スポットライトが似合う、そんな華やかさがある。

ところが、彼が口にした肩書は、まったく予想外のものだった。

「この家の顧問弁護士をしている、ジュリアーノ・ヴェントラです。よろしく、お嬢さん《Signorina》」

そう言って、手を差し出してくる。ユーリィを片腕に抱き直して握手の手を握り返そうとしたら、「失礼」と差し出した手を引っ込めた。両手が開いていないのに握手を求めたことを詫びてくれたのだ。凪斗は握手に応じる代わりに、「百里《ゆり》凪斗です」と頭を下げる。肝心の箇所を指摘していいものか躊躇《ためら》われた。

するど、何も言えないでいる凪斗のかわりに、デュリオが彼の間違いを正してくれる。

「凪斗さんは男性です」

SignorinaではなくSignoreだと言われて、ジュリアーノは「ああ、そうか」と肩を竦めた。

「子守が板についてるから、つい。それに、可愛いし」

日本の男の子は細くて女の子みたいだね、と言われて、褒め言葉なのだろうけれど、微妙な気持ちにさせられる。

ワルターは眼光鋭くジュリアーノを睨んでいるように見えるけれど、ジュリアーノはまるで気にする様子はなかった。

「どんな贈り物より、ユーリィが喜ぶプレゼントがあるでしょうに」

ねぇ、と凪斗の顔を覗き込んでくる。

「……？」

凪斗が長い睫毛を瞬くと、『本当のママみたいだね」と耳元に揶揄を孕んだ言葉を落とされる。ユーリィが不満げにジュリアーノのシャツの襟を引っ張ると、それを軽く制して、「ママを守るナイトのつもりかい？」とウインクした。

「ジュリアーノ！」

悪ふざけもほどほどにしろと、デュリオが鋭い口調で諫める。このふたりは、仲が悪いのだろうか。

「はいはい。おっかないな」

眉を吊《つ》り上げるデュリオに、「美人が台無しだぞ」と軽口を返して、それからワルターに向き直った。途端、顔つきが変わる。

「少しよろしいでしょうか、閣下」

ポケットから小型のタブレット端末を取り出して、何やら表示させながら言う。どうやら仕事の用件で尋ねてきたらしい。

「話を聞こう」と頷いて、ワルターはジュリアーノをテラスに連れ出した。窓を閉めてしまえば、声は聞こえない。

「凪斗さん、こちらへ」

「……はい？」

呼ばれて、ユーリィを抱いたままデュリオの傍らに立つと、ソファを示された。

「ユーリィさまは、猫たちが見てくれていますから」

「いい子にしててね」と言い置いてユーリィをソファに下ろすと、テラスからついてきた真っ白な猫と茶色い縞《しま》模様の猫が両脇《わき》に丸くなる。さらには、どこからかはじめて見るブチ模様の猫がやってきて、ソファの背に飛び乗った。それを見て、ユーリィが歓声を上げる。どうやらあやし役を買って出たらしい。

「ご無礼をお許しください。あの者の言うことはお気になさらず」

言いながら、凪斗をデザイナー助手のまえに立たせる。

「い、いえ……」

何をされるのかと思っていたら、助手たちは巻尺を使って凪斗のありとあらゆる箇所を採寸しはじめた。

「あ、あの……？」

「動かないでください」

なにをされるのかと驚いているうちに手早く採寸は済まされて、その理由も告げられないまま、デザイナーと助手は片付けをはじめる。

話を終えたワルターがジュリアーノをともなってテラスから戻ってきて、「終わったのか」と確認した。

「十点ほどオーダーをいただきましたので、すぐにお仕立てに出させていただきます」

ベビー服の件だと理解するのに、いくらかの時間を要した。

「……え？」

凪斗は驚いてデザイナーを見る。あれこれ勧められて、あれも可愛いこれも可愛いと言った覚えはあるが、これにすると決めた記憶はない。

「気に入るデザインがあったのならよかった」

そう言いながらもワルターは、「十着でよかったのか？」と確認をとってくる。

洋服のオーダーって、そんな単位でするものなの？　と凪斗が面食らっていたら、デュリオが助け舟を出してくれた。

「子どもはすぐに大きくなります。こまめにオーダーされるのがよろしいかと」

それを聞いて、ワルターは「そうか」と頷いた。デザイナー一行が深く腰を折って部屋を出ていく。

ドアが閉まるのを確認して、ジュリアーノが凪斗の傍らに立った。

「この顔で伯父バカなんて、似合わないよね？」

凪斗の肩に腕をまわしながらジュリアーノが愉快気に言う。

途端、デュリオの眉が吊り上がった。――が、デュリオが諫める言葉を口にするよりはやく、ワルターが凪斗の肩を抱くジュリアーノの手を叩《たた》き落とす。そして、自分に引き寄せるように腰に腕をまわした。

ジュリアーノは、降参とばかりに両手を挙げて応じる。デュリオのきつい視線には、おどけた表情で返した。

すると、ユーリィをあやす役目を負っていたブチ猫が、足音もなくすり寄ってきて、凪斗の足にじゃれつく。どうしたのかと思ったら、ソファの上でユーリィがぐずりはじめていた。

「あーあーあー」

顔を歪《ゆが》めて何かを訴える。

「ユーリィ？　どうしたの？」

駆け寄って抱き上げ、それに気づいた。

「ああ、そっか、おむつだね」

デュリオの指示で、すぐに女中頭が駆けつけた。彼女がおむつを取り替えようとするのを見て、凪斗が申し出る。

「僕にやらせてください」

昨日からずっと彼女の手元を見ていたから、やり方はわかっている。自分の手でできることは全部してあげたい。

女中頭は躊躇《ちゅうちょ》するそぶりを見せたが、ワルターが頷くと場を凪斗に譲ってくれた。傍らで、手のおぼつかない凪斗をフォローしてくれる。

おむつを取り替えたら、ユーリィはすっかりご機嫌を取り戻した。

「ほーら、すっきりしたね」

「あーうー」

小さな手足をばたつかせて、全身で喜びを表現する。そして、凪斗の胸元にしがみついてきた。

「くすぐったいよ、ユーリィ」

ユーリィが何を求めているかに気づいて、凪斗は眉尻《まゆじり》を下げる。そして、ふわふわな旋毛《つむじ》にキスをした。

「ごめんね、さすがにおっぱいは出ないや」

もう離乳食期に入っているユーリィだけれど、やはり母親が恋しいのだろう。

生まれてすぐに親から離された仔猫は、成猫になっても母猫を恋しがって飼い主の指や腕を吸うことがあると聞く。ユーリィの行動も、それに近いのではないかと思われた。

ユーリィをあやす凪斗にじっと注がれる視線を感じて顔を上げる。デュリオとジュリアーノが、両サイドから興味深げに凪斗を見下ろしていた。

ふたりの向こうからワルターが進み出て、凪斗の隣に腰を下ろす。広いソファなのに身体が密着する距離感なのは、そのほうがユーリィの顔を見やすいからだと理解した。

コアラの子のような恰好でしがみつくユーリィを、ワルターに顔がよく見えるように抱き直す。ユーリィは嬉しそうに笑った。

「お買い物に行くのだとばかり思っていたので、驚きました」

ようやく、さきほどの驚きを口にすることができた。するとワルターは、「何か欲しいものがあるのか？」と、買い物のために外出したかったのかと尋ねてくる。

「いいえっ、僕はとくに……」

ユーリィのための買い物のつもりしかなかったと、慌てて制した。

「たまには買い物に出るのも悪くないな」

今にも外出の用意をはじめようとするワルターを、進み出たデュリオが止める。

「お申し付けいただければ、業者を呼びます」

その声が思いがけず強くて、凪斗は怪訝に瞳を瞬いた。

「いいじゃないか。ユーリィの社会勉強にもなる」

ジュリアーノの軽い口調にも、デュリオは無言で灰緑眼を眇めるのみ。仕事上、ワルターに館を離れられては困るのだろう。

「あの……、近くに公園はありませんか？」

買い物ではなく、別の希望を口にする。

「公園？」

誰よりも不思議そうな顔をしたのはワルターだった。

「ブランコとか滑り台とか、遊具があったら、ユーリィを遊ばせてあげたいな、って」

ひとりで遊ぶのは無理でも、自分が膝にのせて楽しむことはできるだろうと思ったのだ。

凪斗は幼いころ、ブランコが大好きだった記憶がある。両親に手を引かれ、近くの公園まで散歩をして、遊具で父に遊んでもらうのが、一番の楽しみだった。

凪斗が、幼い日の思い出話を織り交ぜながら希望を告げると、ワルターは「そういうことか」と頷く。そして、デュリオに確認をとった。

「それなら離宮の庭にあるのが、まだ使えるはずだ」

「……」

思わず黙して、ワルターの整った顔を間近に見上げた。

「……離宮？」

「私が幼いころ、母と過ごした館だ」

領地の森を抜けた先にあるのだという。不思議そうに確認をとられた理由が知れた。

この近辺に、ベルカストロ家の庭以上に広い公園などあるはずがない。これほどの敷地を有していながら、公園に遊びに連れ出す必要があるわけがない。

またもや庶民と貴族との格差を思い知って、凪斗は恥ずかしくなった。顔が熱い。

「久しぶりに離宮で過ごすのも悪くない」

ワルターの指示で、執事が部屋を出ていく。

三十分後、凪斗はユーリィとワルターとともに、離宮の庭にいた。もう何年も使っていないとは思えないほど綺麗に手入れされた芝生の庭に、使い込まれたブランコと滑り台があった。

ずいぶんと古いもののようだけれど、庭同様にこちらも手入れが行き届いていて、錆《さ》びついたりはしていない。

日本の公園にもよくある、ひとり乗りのがふたつ並んだタイプと、レトロなデザインの箱型と呼ばれるブランコの二種類がある。

滑り台は、階段を上ると、三方に滑り下りられるデザインで、おのおの角度が違うつくりだ。

さっそく、ユーリィを膝に抱いて、ブランコに。ユーリィが怖がらないようにそっと揺らしはじめて、徐々に揺れ幅を大きくしてみる。

ユーリィは不思議そうに凪斗を見て、そしてニッコリと笑った。きゃっきゃと声を上げる。

「ブランコ、気に入った？」

「あーうー」

四肢をばたばたさせて、喜びを表現する。風が心地好いのだろう。

ブランコでたっぷり遊んだあと、「滑り台でも遊ぼうか」とユーリィの興味を滑り台に向ける。高いところを怖がるかと心配したものの、杞憂《きゆう》だった。ユーリィは滑り台のてっぺんからの眺めに、碧眼を輝かせる。

ユーリィをしっかりと抱いて、まずは正面の一番傾斜のゆるい滑り台へ。

あっという間に滑り下りて、無反応のユーリィの顔を覗きこむ。どうしたのかな？　と思ったら、ようやく何が起こったか理解したらしい、数度大きな瞳を瞬いたあと、ニパァ……と笑った。

「気に入った？」

「あーうーうー」

ブランコ以上に反応が顕著だ。スリリングさに惹かれるのかもしれない。

「じゃあ、もう一回ね」

凪斗の言葉に、ユーリィが四肢をばたつかせることで応《こた》える。

ふたりの様子をしばし眺めて、ワルターはエスプレッソを飲みながらの見物を決めたらしい。

ガーデンテーブルに瞬く間にお茶の用意が整えられて、付き添うデュリオからは、すかさずタブレット端末と書類の束が差し出される。

女中頭ほか数人の使用人を残し、ジュリアーノと打ち合わせがあると言って、デュリオは姿を消した。

書類に目を通しながら、タブレット端末ではメールの確認をしているのか、何かのデータに目を通しているのか、ワルターの視線は手元に落とされているけれど、その意識が常にユーリィと凪斗に向けられているのが感じられる。

ときおり顔を上げては、ふたりの様子を確認して、また手元に視線を落とす。

何度かに一度、凪斗と目が合う。そうするとワルターは、少し目を細めて、何も言わずじっと見つめてくる。凪斗の方が気恥ずかしくなって、視線をユーリィに落とすのだ。

ワルターが見守ってくれていると思うと安心する。——と同時に、少しドキドキした。

「まだ滑るの？」

「うーあー」

すでにいったい何度滑り台の階段を昇ったのか。いいかげん凪斗も息が上がってきた。でもユーリィはまだまだ物足りない顔で、もっと滑る！　と訴えてくる。

「じゃあ、あと一回滑ったら、ちょっと休憩ね」

「あーうー」

納得したのかしないのか、とにかくもっと滑りたいとユーリィが主張する。

「わかったよ。じゃあ、今度はこっちで滑ってみようか」

階段を上って左手の滑り台は、正面のものより、もう少し傾斜角度が強い。その分、早く滑り落ちるからスリル感も強くなる。

これならあと一度で満足してくれるかもしれないと、凪斗はユーリィをしっかりと抱いて、滑り台に腰を下ろした。

「今度はちょっと怖いよ」

「あーう」

英語とイタリア語圏の喃語《なんご》とで意思の疎通がかなっているのが奇妙だが、ユーリィが何を訴えたいのか、不思議と凪斗にはわかるのだ。

「よーし、そーれ！」

「あーう！」

ほんのちょっとの角度の違いでも、滑る速度はずいぶんと違うものなのだな……なんて、呑気《のんき》に考えていたのがいけなかった。

ユーリィばかり気にかけていたのもある。ついうっかり自分が疎かになって、滑り下りた勢いのままに、凪斗は芝生に転がってしまった。

「わ……っ！」

それでも、抱いたユーリィだけは本能的に守っていた。

「……！　凪斗……!?」

驚いたワルターが駆け寄ってくる。

「痛ったた……」

「大丈夫か？」

凪斗を抱き起こし、痩身を腕に抱き込んだ。頤を捕られ、顔を上げさせられる。凪斗は大きな瞳をパチクリさせた。

「僕は……」

大丈夫です……と返す途中で、自分などどうでもいいと、慌てて腕のなかを確認する。

「……っ、ユーリィ!?」

大人の心配を余所《よそ》に、ユーリィはきょとりと見開いていた碧眼を数度瞬いたのち、ニパァ……と微笑んで、きゃはは っと笑った。これまで以上にご機嫌な笑い声で、ユーリィにとってはアトラクションでしかなかったことを教えてくれる。

「……よかった……」

芝生に突っ込んだ凪斗は草まみれで泥をかぶったけれど、ユーリィはそれほどでもなかった様子。でも白い頬に埃《ほこり》がついているのに気づいて、指先で拭った。ベビー服は着換えさせたほうがよさそうだ。

ホッと安堵の息をついたら、ふいに掌《てのひら》に痛みを感じた。見ると、地面に手をついたときにすりむいたらしい、血が滲《にじ》んでいる。でも、この程度の傷なら、綺麗に洗って消毒しておけばすぐに治るだろう。……と、凪斗自身はさして気にもかけなかったのだが、一連の様子を見守っていた男は違ったらしい。

とりあえず埃を払おうかな……と腰を上げようとしたタイミングで、唐突に腕に抱いたユーリィごと身体が浮く。

「……へ？」

なにごと!? と、目を丸めて、顔を上げる。すぐ間近にワルターの整った容貌があった。碧眼が近すぎてドキリとする。

「……!? ワルター!?」

おもむろに凪斗を抱き上げたワルターが、無言のまま離宮に足を向けたのだ。ユーリィは大喜びで声を上げているけれど、ワルターの眉間《みけん》には深い縦皺。

「あの……」

ユーリィを危険な目に遭わせてしまったからだろうか。怪我がなかったとはいえ、ちょっと間違えば、ユーリィは芝生に投げ出されていたかもしれない。

「すみませ――」

「傷の手当てをしよう」

慌てて詫びようとしたら、ワルターの声にかぶってしまった。

「……え？」

さらに「泥だらけだ」と言われて、改めて自分の身体に視線を落とす。すりむけた掌の傷にも泥がかぶっているし、ちゃんと消毒をしたほうがいいと言われる。間近に落とされる声音は、ともすればぶっきらぼうにも聞こえるものだが、ワルターが心配してくれているのはわかった。

「まぁまぁ、どうなさいました？」

三人に気づいて出てきた女中頭が、幼い子どもを諌めるように言う。

「すみません。勢い余って、芝生に突っ込んじゃって……」

凪斗が気恥ずかしげに言うと、彼女は少し驚いた顔をして、つづいて破顔する。そして「湯を浴びられてはいかがです？」と、ワルターに提案を寄こした。

それに頷いて、ワルターは「ユーリィを頼む」と、凪斗の上にのっかる恰好で興味深げにしているユーリィを彼女の手に託す。

途端、不服気に顔を歪めたユーリィに、ワルターは赤子相手であることなどまるで関係ないといった口調で言った。

「凪斗の怪我の治療をしなくてはならん。おとなしく待っていろ」

「あーうー」

泣くかと思われたユーリィは、渋々といった様子でワルターの言葉に応じた。会話が成り立っているのが不思議だ。

ユーリィのなかでワルターの存在がどう認識されているのか。甘える対象である凪斗とは違うことは明らかだが、父親がわりとしてなついているふうでもない。絶対的に抗《あらが》えない存在として、幼いながらに敬っているようですらある。

不思議な関係だな……と、女中頭の腕に抱かれるユーリィを見やって、凪斗は思った。

なにより不思議なのは、それを可能にしてしまうワルターの存在だ。家柄がもたらすものを差し引いても、彼の持つ雰囲気は独特のものがある。それがなんなのか、凪斗にはわからなかった。これまでに感じたことのないものだからだ。

そんなことを考えながら、ついうっかりワルターの腕に抱かれたままになっていたら、気づいたときには廊下を進んだ奥の部屋に連れ込まれていた。

一見普通の部屋に見えるが、よくよく観察してそうではないと知れた。バスルームのようだが、凪斗の目には、とても濡らしていい場所には見えない。しかも、だだっぴろい。

どこかで見た雰囲気……と思考を巡らせて、映画で見たローマ時代の大浴場に似ているのだと気づいた。

「ここ……」

「汚れを落とすといい」

そういえば……と、思い出す。シチリアには温泉が湧くのだ。エトナ山という火山を有しているのだから、あたりまえと言えばあたりまえだ。

「もしかして、温泉ですか⁉」

思わず！　といった調子で尋ねる。凪斗の反応が予想外に顕著すぎたのだろう、ワルターは少し驚いた顔をして、そして頷いた。

「すごい！」

大理石のベンチにそっと下ろされる。凪斗は首を巡らせて高い天井を仰いだ。湯気がもうもうと満ちている。

「こんなの、映画でしか見たことありません！　源泉かけ流しですか？　じゃあ、二十四時間いつでも入れるんですね！」

なんて贅沢！　と、目を輝かせる。

日本人にとって温泉はやはり特別なものだ。海外のスパとは意味合いが違う。民族の根源に訴えかけるような、郷愁をそそるアイテムだ。

「病弱だった母のために父がつくった。日本には、湯治という言葉があると聞くが……」

凪斗は「はい」と大きく頷く。そして、「お母様、お幸せだったでしょうね」と、はっきりと聞いたわけではないが、その口調からすでに故人と思われるワルターの父母に想いを馳せた。

こんな立派な離宮を養生のためにつくってもらえるなんて、きっとワルターの父は妻をとても愛していたに違いない。

凪斗はそう感激したのだが、ワルターから返されたのは、思いがけずそっけない呟きだった。

「どうかな」

口にしたつもりがなかったのかもしれない。凪斗が「え？」と瞳を瞬くと、ワルターは我に返ったように碧眼を数度瞬いて、そして凪斗に視線を落とす。

「……傷の手当てをしよう」

話をはぐらかされた気がした。使用人に届けさせた薬で、ワルター自ら傷の治療をしてくれようとする。

「たいしたことありません」

消毒くらい自分でできると手を出せば、ダメだと阻まれ、指の長い大きな手に、泥のついた手をとられた。

温泉の湯で汚れを拭い、消毒をしてくれる。少し染みたが、大した傷ではなかった。場所的に厄介ではあるが、それだけだ。

「あとでもう一度デュリオに診させる」

デュリオが医師免許をもっているのは、ワルターに万が一のことがあっても対処できるようにとの考えからだそうだが、腕は確かだとワルターのお墨付き。そんな必要はないと思ったが、ワルターの様子から無駄らしいと察して、凪斗は頷くにとどめた。

「日本の温泉とは勝手が違うかもしれないが、埃を落とすといい」

ユーリィなら、猫たちが子守を引きうけてくれているから心配しなくていいと言葉が添えられる。

もうもうと湯気を上げるとろみを帯びた湯を見て、凪斗はひとつ希望を口にした。

「あの……裸で入ってもいいですか？」

温泉の湧く国は日本だけではないが、日本のように裸で湯に浸《つ》かる国はない。しかも宿の部屋風呂《ぶろ》や貸し切り風呂ならともかく、公衆浴場でも裸の付き合いをする習慣は、世界中どこを探してもないものだ。

海外の温泉では、水着を着て入るのが普通だ。温水プールのような感覚だろう。けれど日本人の感覚で言わせてもらえば、温泉はやはり裸で入るに限る。水着を着ていては、ちっとも癒《いや》されない。

「ここを使うのは凪斗だけだ。好きにするといい」

なんなら、この離宮をゲストハウスとして使ってもいいと言われて、凪斗は「とんでもない！」と遠慮した。ワルターの母親の思い出の詰まった場所を、気安くは使えない。でも、一度くらいこんな贅沢を味わってみたい、という欲求には逆らえなかった。

着替えは届けさせると言って、ワルターはバスルームを出て行った。

掌の傷を気遣いつつ、かぶった芝と土埃を洗い流して、いったい何畳分あるかしれない広い湯船に浸かる。

「わ……気持ちいい……」

肩まで湯に浸かって、凪斗は深い息を吐き出した。

たっぷりの湯に浸かるどころか、海外では水圧や水量が充分なシャワーを浴びることすら困難な場合が多い。一流ホテルに泊まっても、充実しているのはアメニティばかり。見かけ倒しの場合が多く、日本人が満足のいくバスタイムをすごせることは少ないのだ。

けれど、さすがは源泉かけ流しの天然温泉だけのことはある。湯量は豊富だし、思った以上に湯温も高い。日本人はともかく、イタリア人がこの温度の湯に果たして長く浸かれるのだろうか。

「普通にこんな生活してる人がいるんだなぁ……」

天井を見上げながらそんなことを呟いて、たっぷりの湯に浸かれる贅沢を堪能する。湯から上がって大きなガラスごしに望める庭園を眺めたり、広い浴場を探検したり、そしてまた湯に浸かって……を繰り返していたら、あっという間に時間がすぎていたらしい、ドアの開けられる音がして、眉間に皺を寄せたワルターがやってきた。

凪斗の顔を見て、眉間の皺を消す。

「逆上《のぼ》せて倒れているかと思ったぞ」

「あ……すみませんっ」

あまりに長風呂だから、心配になって様子を見にきてくれたのだ。凪斗が平気そうにしているのを見てひとつ息をつき、「水分はとっているか」と訊きながら、ベンチのほうへ足を向ける。壁際に並んだ扉のひとつを開けると、そこに水のピッチャーとグラスがあった。

そんなところに……と感心している間に、トレーにのせられて水が届けられる。大きな浴槽の淵《ふち》に背をあずける恰好で湯に浸かっていた凪斗は、階段状になった場所に腰を下ろした。これだと、半身浴をしている状態になる。

「真っ赤だぞ」

湯温に染まった凪斗の薄い胸を見て、ワルターがまた眉根を寄せる。

「平気です」

日本人は熱い湯に慣れているけれど、欧米人には奇妙に見えるのかもしれない。海外を旅していると、湯の温《ぬる》さや湯量の少なさにがっかりさせられることは多くても、たっぷりの熱い湯に浸かれることは珍しいから、本当にありがたいのだ。

「お湯が気持ち好くて……」と微笑む。ありがたく届けられた水のグラスに手を伸ばした。喉を潤してはじめて、たしかに軽い脱水症状だったかもしれないと気づかされる。

手入れはされているものの、普段から使われている様子のない立派な浴場に視線を巡らせて、凪斗は素直にもったいないと感じた。

それを、ついうっかり、口に出してしまう。

「よかったら、ご一緒しませんか？　せっかく――」

ワルターの碧眼が、驚きをたたえて凪斗を凝視していた。途中で口を噤《つぐ》んで、宝石のように綺麗な青い瞳を見返す。

途端、恥ずかしくなって顔を伏せた。

「す、すみませんっ」

なんか、ヘンなことを言ってしまった気がする。同性なのだから、別に妙でもなんでもないはずなのだけれど、でもなんだか……。

いまさっきまで平気だったのに、急に湯あたりした感じを覚えて、凪斗は慌てて湯から上がろうとするものの、ワルターの視線が気になる。それこそ、おかしなことだと思うのに、どうしても恥ずかしい。

無理な体勢でバスタオルに手を伸ばそうとして、湯の中で足を滑らせてしまった。

「わ……っ」

大理石の湯船に倒れ込みそうになった痩身を、咄嗟《とっさ》に腕を伸ばしたワルターが支えてくれる。

「危ない。気をつけろ」

だから言ったではないかと呆れの滲んだ忠言。

「す、すみませ……」

湯から引き上げられて、広い胸に身体をあずける恰好で倒れ込んでしまう。自分が裸であることを認識して、湯温に染まった白い肌がますます朱に染まった。

貧弱な身体を見られることへの羞恥《しゅうち》だけではない。わけのわからない恥ずかしさに襲われて、凪斗は挙動不審に陥った。

「すみません、濡れてしまって……」

ワルターのスーツが湯に濡れていることに気づいて、ますます慌てる。身体を放そうとしたら、「かまわん」と引きとめられた。

「急に動かないほうがいい」

そう言って、引き戻され、頬にはりついた濡れ髪を指先に梳かれる。わずかな接触にも胸がドクリと鳴って、湯あたりとは別のもので頬が熱くなるのを感じた。

「へ、平気ですっ、……っ！」

ふわり…と身体が浮いて、ワルターの腕に抱き上げられたのだと知る。目を白黒させているうちにベンチに運ばれて、そっと横たえられる。その上から、ふわり…とバスタオルがかけられて、瓜斗はようやくホッと息をついた。

額に冷たいものが乗せられる。よく冷えたお絞りだった。傍らに腰を下ろしたワルターが、体調を確認するかのように頬や首筋に手を這《は》わせてくる。

「気分は悪くないか？」

「だ、大丈夫…です……」

くすぐったくて恥ずかしくて、首を竦めると、それに気づいたのか、手が引かれた。すると今度は、もっと撫でてほしかったのに……という気持ちが頭を擡《もた》げる。

——僕、なに考えて……。

やっぱりヘンだ……と、胸中で長嘆して、そして上体を起こす。

「無理をするな」

ワルターが手を差し伸べてくれようとするのを断って、バスタオルを身体に巻きつけ、腰を上げた。

「もう平気です。着替えて……」

きます……と、つづけるはずの言葉が途中で切れて、またもふらついてしまった。広い胸に抱きとめられ、頭上から呆れにも似た嘆息が落とされる。

迷惑をかけまいとして、余計に迷惑をかけてしまったと思い、凪斗が恐縮していると、「遠慮がすぎるのは、日本人の悪いところだ」と言葉が落とされた。そして、バスタオルに包まれた身体を抱き上げられる。

「あ、あの……っ」

どうしよう……と思っていたら、そのまま隣室に運ばれ、部屋を横切った先にある天蓋《てんがい》付きのベッドに下ろされた。その拍子にバスタオルが乱れて、白い肢体が露わになる。すでに生まれたままの姿を見られてしまっているのだけれど、シチュエーションがシチュエーションなだけに、凪斗は咄嗟にはだけたバスタオルを抱き寄せていた。

その行動が、妙な空気を生んでしまう。

「横になったほうが楽かと思ったのだが……」

ワルターの声が愉快気に言葉を紡いだ。ふいに視界が陰って、ワルターの整った顔が間近に迫る。

ベッドの端に腰かける恰好で凪斗を見下ろしていたワルターが上体を屈めたのだ。視界いっぱい映る透明度の高い碧眼には、悪戯な色。

「期待には応えねばな」

「……へ？」

ワルターの顔がますます近づいて、凪斗は硬直する。

「え？　あの……ダメ……！」

ぎゅっと目を瞑《つぶ》ったら、額でチュッと甘ったるい音がした。

子どもにおやすみのあいさつをするかのような淡いキスだけで、ワルターが上体を起こす。その口許がゆるんでいるのを見て、揶揄われたのだと察した。

「な……っ、ワルター!?」

ククッと零れる抑えた笑い。真っ赤になる凪斗を微笑ましげに見下ろして、「子どもに手を出す趣味はない」と言われる。

「こ、子どもじゃありませんっ」

もう成人してます！　と、つい返してしまう。

「そうか。では――」

「……っ!?　え……わわっ」

バスタオルを捲《めく》られかけて、慌てて抑えた。反射的にベッドをあとずさる。顔が熱かった。ワルターの目が笑っている。

「……冗談、やめてください」

拗《す》ねたような声で言うと、クスリと笑みが落とされて、そして大きな手にくしゃりと濡れ髪を混ぜられる。


「揶揄ってすまなかった」

しばらく休んでいるようにと言い置いて、ワルターが腰を上げる。

「なにか欲しいものはあるか？」

水分の多いフルーツかレモネードでも届けさせようかと訊かれて、首を横に振った。体調が悪化するようなことがあれば呼び鈴を鳴らすようにと言われる。

髪を撫でてくれる手が離れるのを寂しいと感じた。揶揄われるのは恥ずかしくて嫌だけれど、でも傍《そば》にはいてほしいのに……。

そんなことをまた考えて、凪斗はやっぱり自分はヘンになっていると感じた。

家族を亡くしてからずっと、こんなふうにやさしく気遣われることがなかったから、だからちょっと甘えたい気持ちになっているに違いない。

「逆上せてるんだ……」

湯あたりして、思考がまわっていないのだと呟いて、瞼を閉じる。素肌を包むリネンは心地好く、適度な空調と相まって、凪斗はいつの間にか眠ってしまった。

休んでいる凪斗にドリンクとフルーツを届けるように言うと、老執事は「おやおや」と目を丸め、それから心配気に「かしこまりました」と応じた。ほんの短い時間で、凪斗は屋敷の者たちの心をすっかり摑んでしまったようだ。

老執事を追うようにして、すぐにでも様子を見に戻ろうとするワルターを、しかしデュリオが引き止める。

「ずいぶんと楽しそうですね」

揶揄には多分に懸念が含まれていた。それどころか、ありえない心配まで口にする始末だ。

「愛人を何人囲おうがかまいませんが、彼はダメですよ」

そんな不誠実を働いた記憶はないが、長い付き合いになる秘書の言わんとするところは理解した。

——が、それこそ悪い冗談だ。

「相手は子どもだぞ」

「日本の法律でも我が国の法律でも、彼は充分に成人です」

返す声音がなんとも刺々《とげとげ》しい。

ワルターはひとつ息をついて、秘書の苦言をやりすごす。だがそうやすやすと見逃してくれる敏腕秘書ではない。

「いつまでも手元に置くことはできませんよ」

早々に帰国させた方がいいと言う。

「彼の安全確保が第一だ」

手を離れた途端に何かあっては寝ざめが悪い…と、あえて突き放した言葉を選ぶと、デュリオは主を責めるように眉間に皺を寄せた。

「やつらの狙《ねら》いはイルマさまが持ち出したデータです。それを探し出すまでは、諦めることはないでしょう」

組織の今後だけでなく、繋がった政治家や経済界にまで打撃が及ぶと思われる。

「イルマさまはデータの詳細を語られませんでした。ですが、癒着構造を暴くものであることは明白です」

その後の調査によって、やつらが血眼《ちまなこ》になって捜すものの正体はほぼ見えている。だが、そのありかを摑めていないのは、こちらも同じだった。

「最悪、抗争にもなりかねません」

秘書の言葉に、ワルターは口を引き結び、窓枠に腰をあずける恰好で、外の景色に目を向ける。そして、呟いた。

「それは避けたいところだな」

いまどき暴力的な解決方法など流行《はや》らないと、一刀両断するのは容易《たやす》いが、この島の長い歴史のなかで綿々と受け継がれてきた伝統や習慣というものがある。時代の変革に、順応できる者ばかりではない。

「上から、これが」

デュリオが差し出してきたのは、小さなメモだった。通信機器のデジタル化が進んで、どれほど便利になっても、盗聴の危険は避けられない。完全なホットラインを敷いていても、上は昔ながらの伝達手段を使いたがる。紙なら、燃やしてしまえば痕跡《こんせき》は残らない。

思考の柔軟な人ではあるが、こういった部分には、なかなかついていけないようだ。

「いつだ？」

「つい先ほど」

サッとメモに目を通して、言いたいことはデュリオと同じと理解した。

イルマが持ち出したデータに絡む騒動は、とうに耳に入っているらしい。そうでなければ、組織のトップになど立てない。この島で、上の目を欺くことはほぼ不可能だ。

「アポをとりますか？」

「不要だ」

上の指示を仰ぐほどのことでもないと返すと、デュリオは「失礼いたしました」と不用意に発した言葉を詫びた。

「データの捜索と同時に、向こうの動きを封じる」

「手は打っております」

こういうときのために雇っている悪徳弁護士なのですから、役に立ってもらわなくては……と、幼馴染みに対して容赦のない批評。ジュリアーノのことだ。

飄々《ひょうひょう》としてみせて、その実、腹黒さでは右に出る者はない。策謀の天才とも言える男だ。適任だろう。

「手加減する必要はないが、余波はできるだけ防げ」

無関係の人間に火の粉が降りかかることのないように処理しろと命じる。デュリオは「そのように申しつけておきます」と頷いた。

だがそれでも、これだけは引けないと、再三の確認をとってくる。

「できるだけ早く、彼を出国させます。よろしいですね？」

タイミングをはかって凪斗を日本に帰国させると言う。

デュリオの言うとおり、凪斗の安全確保が第一だ。手元に置いてその存在を隠匿する以上に、日本に返すほうが安全であることは間違いない。

「閣下？」

よろしいですね？　と、強い口調で念押しされて、ワルターは頷いた。

「……まかせる」

ユーリィは泣くだろうが、どのみち本当の母親がわりなどさせられないのだから、慣れてもらうよりほかない。

幼子を残して逝った妹に想いを馳せ、なぜそうまでして危険を犯したのかと、悔恨に駆られる。

我が子と愛する男を天秤《てんびん》にかけたとは思わない。だが結果として妹は、我が子と生きる未来ではなく、愛しい男のもとへ行く結末を選んでしまった。仇討《かたきうち》など考えず、自分に庇護《ひご》を求めてくればよかったのだ。

もはや言っても詮《せん》無いことを考えて、ワルターは窓の外に視線を投げる。そこには雲のかかったエトナ山が、悠久の昔と変わらぬ姿であるだけだ。

3

朝ごはんのあと、ユーリィを抱いて、猫たちをぞろぞろと引きつれ、広大な庭の散策に出た。どこをどう歩いたのか、高台に建つ東屋《あずまや》に出て、視界いっぱいに広がる絶景に息を呑む。

眼下に広がる果樹園と、その向こうに紺碧の海。午後になると雲がかかりはじめるエトナ山も、午前中はその雄大な姿を見せている。

「わ……すごい……」

きっと毎日みても、この景色に感動できるに違いない。

東屋のベンチに腰を下ろすと、猫たちがめいめいに場所を陣取って周囲を取り囲む。いつもユーリィの子守を引き受けている白毛の一匹は、凪斗《なぎと》のすぐ横に箱座りして目を閉じている。だがその耳は常にこちらに向けられていて、凪斗とユーリィの様子を見守っているのがわかる。

「綺麗だねぇ」

「あーう」

ユーリィが凪斗の言葉に応じるかのようにニッコリと笑う。その愛らしい表情を見やって、凪斗は大きなため息をついた。

「どうしよう……」

ベルカストロの館に世話になってまだ数日だというのに、すっかり日本に帰りたくなくなってしまっている。ユーリィは可愛いし、猫たちはフレンドリーだし、食べるものは美味しいし、環境は素晴らしいし、ワルターも屋敷の人々もやさしいし。

――ワルター……。

胸中で名前を呟いたら、昨夜のことを思い出してしまって顔が熱くなる。

風呂で逆上せて裸を見られたことではない。もちろんそれも恥ずかしかったけれど、そうではなくて、逆上せたあと休ませてもらっていたときのことだ。あのあと、ディナーに呼ばれるまで、凪斗はすっかり寝入ってしまっていたのだけれど、そのときに見た夢が問題だった。

寝入る前の接触がいけなかったらしい。

ベッドに運ばれて、反射的に逃げを打ってしまった。男の自分が何を期待するのかと、呆れられて当然の反応をワルターに揶揄われて、その延長戦のような夢を見てしまったのだ。

大きな手がやさしく髪を撫でてくれていて、亡き母のやさしい手の感触を思ったのも束の間、その主はワルターに姿を変えた。触れられる心地好さに縋《すが》って手を伸ばすと、夢の中のワルターはやさしく抱きしめてくれて、そして……。

――……っ、どうして、あんな……。

力強い腕に組み敷かれて、心地好さにうっとりと身を任せる自分がいた。夢の中とはいえ、思い出すとドキドキして、凪斗は熱くなった頬に手をやる。

口づけの直前に夢は覚めたのだけれど……間の悪いことに、すっかり寝入っていた凪斗をワルター自らが起こしに来てくれて、瞼を上げた先に見たのは、今の今まで夢のなかで凪斗に甘い言葉を囁いていたワルターの整った容貌だった。

その状況で慌てるなというほうが無理な話で、挙動不審に陥り、けれど説明もできなくて……。たまりかねたように噴き出すワルターの横顔を恨めしげに見やる凪斗の表情から何を見とったのか、ワルターの碧眼には悪戯な光が宿っていた。

身体が熱くて、恥ずかしくて、差し伸べられた手をとるだけで心臓が口から飛び出しそうだった。かろうじて救いになってくれたのはユーリィで、凪斗がダイニングに姿を現すと、座らされたベビーチェアの上で全身で喜びを表現して、きゃっきゃっと手を振ってくれた。皆の意識がユーリィに向いたからよかったものの、あのままワルターと向き合って食事などしていたら、きっと何も喉を通らなかったに違いない。

「あーう？」

ユーリィの小さな手に頬をぺちぺちとされて、凪斗は物想いの淵から意識を浮上させる。

「ユーリィ？　どうしたの？」

ユーリィは拗ね顔だった。自分を見ろというように、凪斗の顔をぐいっと自分に向ける。凪斗の意識が自分に向いていないことを感じ取っているらしい。

「ごめんね。ちょっと考えごとしてた。だって……」

きみの伯父さんがいけないんだよ……と、ワルターと同じ色の瞳をじっと見やる。髪の色も同じだから、ワルターに良く似たハンサムに育つことは間違いないだろう。

「ちょっと意地悪なところは似なくていいんだからね」

「あう？」

ユーリィがきょとりと首を傾げる。その仕種が可愛くて、凪斗は赤子をぎゅっと抱きしめた。

すり寄ってきた猫と一緒に膝に抱くと、ユーリィは耳をひっぱりヒゲをひっぱり、遊びはじめる。けれど猫はおとなしい。

「ひっぱっちゃダメだよ。猫ちゃんが痛がるでしょう？」

「あーう」

凪斗が小さな手をとると、ユーリィは「はぁい」と素直に応じるかのように返してくる。だが、そのかわりに今度は猫の尻尾に手を伸ばして、むんずと鷲掴《わしづか》んだ。

「みゃっ」

それは勘弁して……というように猫が耳をピクリとさせる。それでも引っ掻いたりはしない。

「あうー」

「なぁう」

いったいどんなやりとりがなされたのか、猫は尻尾をユーリィの好きにさせることを許したのか、その恰好のまま顔を伏せてしまった。

一連のやりとりを見て、凪斗はクスクスと笑みを零した。

「仲良しさんだね」

「あーう」

猫の尻尾を握ってユーリィはご機嫌だ。

膝に抱いたユーリィと寄りそう猫たちの体温を感じながら、まったりとすごす。そよぐ風は心地好くオレンジの香りを運び、流れる雲が刻々とエトナ山の姿を変えていく。

昨夜、ディナーのあとすぐにベッドにもぐりこんだはずなのに、悶々《もんもん》とワルターのことを考えていて眠りが浅かったのだろうか、腕に抱く温かさと相まって、うつらうつらしたくなる。

すると、下草を踏む音がして、植え込みの向こうから大股に歩み寄る人影。ワルターだ。一瞬緊張したものの、その背後に女中頭の姿を見て、凪斗は肩の力を抜いた。

こんなところにいたのかと、ワルターが安堵の表情を見せる。

「すみません。お散歩途中で足を止めたら、根っこが生えちゃって」

猫たちもまったりしているし、動けなくなってしまったのだと言うと、今度は女中頭が、「おむつは大丈夫そうですか？」と、ユーリィをうかがい見た。

「はい、まだご機嫌みたいです」

猫の尻尾を玩具にして、飽きずにひとり遊びしている。猫はすっかり諦めた様子で、軀《からだ》を横たえて寝ていた。

「本当に、よく懐いてらっしゃいますね」

ユーリィも猫たちも、と感心される。

「僕もずっと兄弟が欲しかったから可愛くてしょうがないです」

日本に帰るときには泣いてしまいそうだと肩を竦めると、「ずっとシチリアにいらっしゃればいいではありませんか」と、女中頭はころころと笑った。

「そういうわけには……」

言葉を濁すと、彼女は遠慮は無用だというように微笑んで、「お茶とお菓子をご用意して、お待ちしておりますね」と、館に戻っていった。彼女はユーリィの様子をうかがうために、ワルターについてきたようだ。

「誰かが自分を気にかけてくれる生活って、いいものですね」

生きていれば母と同じくらいだろうか、もう少し年上だろうか、やさしい女性の後ろ姿に、凪斗が目を細める。

「日本に家族はないのだったな」

「はい……」

少し寂しい気持ちに駆られて視線を落とすと、凪斗の気持ちに呼応するかのように、ユーリィが眉根を顰めた。面立ちが整っているだけに、そんな表情をすると、奇妙なほどに大人びて見える。

「ありがとう。ユーリィはやさしい子だね」

やわらかな黒髪に頬ずりすると、ユーリィはようやくニコォと笑った。

「両親が亡くなったときに、兄弟がいたらよかった……って、思ったんです」

ワルターの顔をまっすぐに見る気恥ずかしさを誤魔化《ごまか》すように、凪斗はユーリィをかまう。その一方で沈黙を恐れるように言葉を紡いだ。

腕のなかのユーリィは、かまえというようにワルターに手を伸ばしている。それに応えるようにワルターの大きな手がユーリィの黒髪を撫でて、これにご機嫌に笑うユーリィに目を細めたのも束の間、その手が自分の髪に伸ばされて、凪斗はドクリと心臓を跳ねさせ、肩を揺らした。

「離宮の温泉を、日本風に改装しようと思う」

「……え？」

唐突にも思える話題は、凪斗の髪を梳き頬を撫で、「泉質が合っているようだな」という呟きで合点がいった。温泉の効能を確認したらしい。

「日本風、って……」

北欧にはすでに日本式の温泉宿が成功を収めている例がある。今や世界中どこでもジャパンクオリティが求められ、ビジネスモデルにされることも多いと聞く。

だが、ワルターの口調は、そういった意図とは違うように感じられた。「気に入ったようだからな」

という呟きが、それを確信させる。まさか、自分のために？　なんて、考えるのは図々《ずうずう》しいと思うものの、ほかに理由も思いつかない。

「あの……僕は、ローマ風のお風呂も素敵だと思いますけど……」

恐る恐る言ってみる。

「そうか。ならば、新たに日本風の露天風呂とやらをつくらせることにしよう」

「……」

余計なことを言ってしまった気がする。凪斗は思わず顔を上げて、すぐ横にある整った容貌を見つめてしまった。青い瞳とかち合う。

「次は私も一緒に入ることにしよう」

「……へ？」

「日本ではそうするのだろう？」

一緒に……と最初に誘ったのは凪斗ではないかと言われて、頬が熱くなった。それを指摘するかのように、ユーリィが小さな手で凪斗の頬をぺらぺちとする。

その手をとって握ると、小さな手が思いがけず強い力でぎゅっと握り返してきた。

「少し風が出てきた。戻ろう」

ワルターの声に真っ先に反応したのは猫たちで、ぴょんぴょんと東屋から飛び出して、先導するように歩きはじめる。ユーリィがそれを追おうと手を伸ばして、凪斗も観念した。

ユーリィを抱いて腰を上げると、エスコートするかのようにワルターの腕が背に伸ばされる。

女の子じゃないのに……と思いながらもドキドキする自分がいて、凪斗は俯くよりほかなかった。

友だちもいるし、大学生は思いがけず多忙だし、春からは教師の予定だし……全然平気だと思っていたけれど、自分はずっと寂しかったのかもしれないと今さら思う。

だから、ユーリィがこんなに可愛いし、ワルターに大切にされるのが嬉しくて、まるで異性に感じるようなときめきにも似た感情を覚えてしまうに違いない。

そう言い聞かせながら、振り返り振り返り凪斗たちを先導する猫の尾を追ってゆったりと歩く。館が見えるところまで来て、木陰のガーデンテーブルに、お茶の用意がされているのが見えた。

長閑《のどか》な生活にすっかりと慣らされて、まだ巡りきっていない遺跡のことすら、どうでもよくなっている自分に気づく。

あんなに楽しみに、バイト代を貯めて、実現させたシチリア旅行だったのに。

誘拐されかかったユーリィを助けて、ワルターと出会って、まだ数日だというのに。

竜宮城に招かれた浦島太郎はきっとこんな状況だったに違いない、なんてくだらないことを考えてしまう。現世を忘れ目の前の快楽に溺《おぼ》れてもいたしかたないと思えるほどに、竜宮城は素晴らしいところだったのだ。

ガーデンテーブルの椅子に腰を下ろそうとすると、ユーリィが「うーうー」と唸《うな》りながら凪斗の襟元を引っ張って、なにやら訴える。

「おむつ？」

「あーう」

「気持ち悪かったんだね。ちゃんと言えて偉いね」

おむつ替えようね〜と、女中頭に招かれて、館内に足を向ける。ワルターはガーデンチェアに腰を下ろしてテーブルに置かれていた新聞を手に取る。即座に数匹の猫がワルターの膝に飛び乗って、新聞に悪戯をはじめた。

眉間に皺を刻みながらも、ワルターは猫たちを邪険にはしない。

その様子を視界の端に捉えて凪斗が口許をゆるめると、「ああ見えて、旦那《だんな》さまはとてもおやさしいのですよ」と女中頭が微笑ましげに言う。

「ユーリィを見てるとよくわかります。妹さんのことも、とても愛してらっしゃったんでしょうね」

「それはもう。たったふたりのご兄妹でしたから」

ワルターに聞こえない場所だからというだけでなく、主を自慢したい気持ちがあるのだろう、女中頭は声を潜めるでもなくにこやかに返してきた。

「こんな小さい子を遺《のこ》して……心残りだったでしょうね」

凪斗に似ているというユーリィの母親は、いったいどんな女性だったのだろう。きっと聡明《そうめい》でやさしい人だったに違いない。なんといっても、こんなに可愛いユーリィのお母さんなのだから。

「そうですね……でも旦那さまや凪斗さまがこんなに愛してくださるのですもの、幸せにお育ちになられますとも！」

哀しげに表情を曇らせたものの、女中頭はすぐに気を取り直した様子で明るい声で言う。

「旦那さまも、ようやく落ち着かれたご様子で……凪斗さまのおかげでございますよ」

「僕？」

自分は何も……と、凪斗が首を振ると、手早くユーリィのおむつを替えながら、女中頭は「ずいぶんと気落ちしておいでてでしたから」と、安堵の滲む声音でつづけた。

「あまり大きな声では言えませんが、先代は事業の才覚のない方で、伯爵家も没落の一途を辿った時期があったんです。それを今の旦那さまが若くして継がれたあとたてなおされて、イルマさまの父親がわりもずっと務めてこられたんですよ」

ワルターの口からは、語られることはないだろう、彼の経歴だった。大学時代には事業の再生に着手し、経済界から注目を浴びる存在になっていたという。

デュリオとジュリアーノの才覚を見出《みいだ》し、将来を見据えての投資を先代に進言したのも、少年のころのワルターだったと聞いて、いずれは自分の側近にするつもりでいたのだろうと凪斗は推測した。

「小さいころから聡明な方だったんですね」

凪斗がそう応じると、女中頭はそれは嬉しそうに微笑んで、我が子を自慢するかのように、ワルターの少年時代の思い出話をあれこれと聞かせてくれる。

好奇心に駆られて高い木に登ったはいいが降りられなくなって鳴いていた仔猫を助けた話とか、妹のイルマのバースデイプレゼントにしようと、美しく整えられた庭園の花を摘んで花束をつくってしまい、庭師が頭を抱えた話とか。

「意外……もっと優等生って感じなのかと思ってました」

家庭教師を質問攻めにして困らせたりとか、いくつも飛び級で学校を卒業してしまったりとか。

「もちろん優秀でいらっしゃいましたけど、それ以上に悪戯っ子で……でも、お小さいころからとてもおやさしくて、私などにも——」

「私の悪口か？」

ふいに低い声がかかって、女中頭が驚いた顔で口に手をやる。凧斗はビクリと背を伸ばした。

「旦那さま！」

ひとりご機嫌なのは、おむつを替えてもらったユーリィで、眉間に皺を刻んだワルターに怯《おび》えることなく、嬉しそうに手を伸ばしている。

「ち、違います！」

すぐ横から顔を覗き込むように言われて、凧斗は反射的に「悪口なんて……！」と声を上げた。ワルターの口許が愉快気にゆるむ。女中頭はクスクスと笑っていた。いまさっき聞いた「悪戯っ子」という単語が凧斗の脳裏を過《よぎ》る。見開いた目を瞬いた。

「たまには私に抱かれるか？」

「あーう」

ユーリィを抱き上げ、猫たちの待つガーデンテーブルに戻る。凪斗は慌てて、その背を追った。

「あ、あの……っ」

ユーリィを膝に抱いてガーデンチェアに腰を下ろしたワルターの傍らに立って首を竦める。悪口を言ったりはしていないけれど、噂《うわさ》話に興じていたのは失礼だったかもしれないと思ったのだ。

凪斗はただワルターの人となりについて、長くこの屋敷に勤めているらしい女中頭から話を聞くのが楽しかっただけなのだけれど、本人にとってはあまり愉快なものではなかったのかもしれない。

「すみません……」

所在なくたたずむ凪斗を、ワルターの碧眼が愉快気に見上げる。ワルターが本気で怒っているわけではないと知れる表情だけれど、凪斗は恐縮しきりだった。

そこへ、芝生を踏む音。

「あんまり意地悪すると嫌われますよ」

面白そうに声をかけてきたのは、ジュリアーノだった。

企業弁護士だと知らなければ、ジゴロと言われても疑わないだろうラフなスタイルがさまになる、絵に描いたようなイタリアン美男子ぶりで、「温厚な紳士の仮面はもう剝《は》がれたんですか？」などと、軽口をつづける。

たしかに言われてみれば、この館に連れられた当初のワルターは、今とは少し印象が違っていた。他人行儀だったとも言える。そう考えると、少し嬉しくもある。

「彼がユーリィばかりかまうのが気にいらないのでしょう？」

ジュリアーノの指摘に、ワルターは言葉を返さない。ユーリィを膝にのせた恰好で、かといって特別かまうでもなく、テーブルに広げたままの新聞に目を通している。

「気にすることない。ボスは昔から、お気に入りほど苛《いじ》める性質《たち》なんだ」

自分など、これまでにどれほど酷《ひど》い目に遭ってきたか……！　などと大袈裟に言って、凪斗の笑いを誘った。

「ふぅん？　やっぱり可愛いね」

顔を覗きこむように言われて、凪斗は長い睫毛を瞬いた。すぐ間近にジュリアーノのエメラルド色の瞳がある。

それがふいに離れて、なにかと思えば、彼を追ってきたのか、ワルターに仕事の話があってきたのか、デュリオがジュリアーノの襟首を摑んで凪斗から引き剝がしていた。

灰緑の瞳を眇めると、もとがクールな美貌なだけに迫力がある。だがジュリアーノはまるで気にする様子もなく、デュリオの手を軽く制した。

ふたりのやりとりを視界の端に映しつつ、ワルターは新聞を畳み、膝に視線を落とす。ユーリィが傍らに立つ凪斗に小さな手を伸ばしていた。

「なんだ？　私より凪斗のほうがいいのか？」

「あーうー」

そうだというように、ユーリィが応じる。

「そうか」

ワルターもまた、ごく普通に応じて、抱いていたユーリィを凪斗に託してきた。そして、デュリオに「用か？」と言葉を向ける。「お寛《くつろ》ぎのところ申し訳ありません」と断って、デュリオはワルターの傍らに立った。

仕事だと理解して、凪斗はユーリィを抱いてテーブルを離れる。

「僕、向こうでユーリィと遊んでますね」

自分には入れない空気を感じて、少しの疎外感とともに木陰に移動すると、猫たちがわらわらとついてきた。

芝生にユーリィを下ろすと、両側に子守猫が陣取る。耳を引っ張られても、尻尾をむんずと摑まれても動じない。毎度のことながら感心するばかりだ。

「ホントにおとなしいね」

膝に乗り上げてきた、まだ小さい黒毛の一匹を抱き上げる。そして、仕事の話をしているらしい三人を見やった。

ワルターに信頼を寄せられるデュリオと、ワルターが雇うからには敏腕なのだろうジュリアーノ。何を話しているのかは知れないが、きっと凪斗などにはわからない経済の話をしているに違いない。

自分みたいなのを、世間では学者バカというのだろうな……と、ちょっと情けなく思う。遺跡の話だったら何時間でもしていられるけれど、それ以外となると……さっきだって、自分にもう少し会話のスキルがあれば、ワルターと上手く会話を繋げられただろうに。

猫とじゃれるユーリィに目をやって、さっきまでと何かが違うことに気づく。よだれかけ——最近はベビースタイとかベビーエプロンとかいうらしい——が新しくなっていた。

「新しいのに変えてもらったんだね」

とくに汚れてはいなかったけれど、ベビー服を変えたのに合わせて取り替えたのだろう。

この歳のころからお洒落《しゃれ》に気を配っていなければワルターのようにはなれないのかな……なんて、つい考えて、可笑《おか》しくなってしまった。赤ん坊のころのワルターは、今のユーリィと瓜《うり》二つだったに違いないと思ったからだ。

「これ、手刺繍《ししゅう》？　もしかしてイルマさんが……」

エプロンの隅にユーリィの名前が刺繍されているのを見つけた。もしかするとエプロンそのものが手づくりなのかもしれない。

裏返して縫い目をたしかめて、やはり手づくりだと確認する。手縫いの針目が温かい印象だ。いつもユーリィが身につけているエプロンは皆、母親の手縫いだったのかもしれない。我が子を思いながら、一枚一枚に刺繍を施したのだろう。

「ママの大切な思い出の品だね」

「あーうー」

使わなくなっても、ユーリィが大きくなるまで、大切にとっておいてあげなくては。

——母親、か……。

ユーリィが懐いてくれるのは、自分が母親に似ているからなのだろうか。凪斗を凪斗として見ているのではなく、あくまでも母親のかわりとして求めているのだろうか。

自分に置き換えて考えても、本物の母親のかわりになれるわけがないのだけれど、そんなことを考えてしまうのは、自分こそ家族を求めているからかもしれない。

「ああ、もうっ」

何カ月も何年も、ここでこうしているわけではないのに、こんなに切なくなってしまうなんて。

知らなければそれで済んだのに、一度知ってしまった温《ぬく》もりは罪深い。ユーリィの高い体温はもちろん、執事や女中頭や、見ず知らずの自分に対してやさしくしてくれるベルカストロ家の人たちみんな。なにより、ワルターの存在が……。

「僕もここにいるうちに、なにかしてあげられないかな」

ユーリィの母親ほどの裁縫の腕前はないけれど、ひととおりの家事はできるから、何かひとつつくらい……。

猫とたわむれるユーリィの様子を眺めながら何気なく呟くと、それに反応するかのようにユーリィが凪斗を仰ぎ見て、零れ落ちそうに大きな碧眼を瞬いた。そして、眉間に皺を寄せる。

「う～う～」

「……？　どうしたの？」

突然の癇癪《かんしゃく》に、凪斗は慌てた。

「ふぇえええっ」

「え？　なんで⁉」

四肢をばたつかせて泣きはじめたユーリィを、慌てて抱き上げる。

「ど、どうしたの？　どこか痛いの？」

どうしよう……と目を白黒させていたら、騒ぎに気づいたワルターが駆け寄ってきた。

「どうした？」

「わ、わかりません。突然泣きはじめて……」

よしよしと背を撫でてあやすものの、ユーリィは泣きやまない。小さな手でぎゅっと凪斗のシャツを握って何かを訴えてくる。

「そんなにしがみつかなくても……どこにもいかないから」

だからお願いだから泣きやんで、と懇願すると、凪斗の言ったことがわかるのか、ユーリィは碧眼を瞬き、「えぐっ」と喘《あえ》いで、そして泣きやんだ。

「……なんで？」

いったいなにがどうしたのかと瞳を瞬く。ワルターに状況を聞かれて話したら、「凪斗がどこかへ行ってしまうと思ったのかもしれないな」と苦笑される。

「……僕が？」

ここにいるうちに……という呟きを聞いて、ユーリィは凪斗がどこかへ行ってしまうと思ったのか。それを阻止しようとして……？

「ユーリィは凪斗が好きなんだな」

「うぅー」

絶対に放さないんだから！　とでも言うように、拗ねた顔で凪斗のシャツをぎゅっと掴んで放そうとしない。ワルターがククッと喉を鳴らして笑うと、ますます拗ねた顔で碧眼を歪める。

「ユーリィ……」

可愛くて可愛くて、どうしようかと思った。足元にすり寄ってくる猫たちの体温も温かい。でもそれ以上に、ユーリィごと凪斗を包み込もうとするワルターの腕から伝わる体温が、心臓に悪かった。

拗ねた顔で胸元にしがみつくユーリィと、そのユーリィを抱いた凪斗を、支えてくれようとするだけの腕なのに。その腕の力強さに甘えたい気持ちが自身の内に芽生えていることに、気づかされてしまった。

ワルターが自分にやさしくしてくれるのは、母親を求めるユーリィが自分にその面影を求めるのと同じように、亡き妹の身代わりなのだろう。

そんなことはいまさら言うまでもないことなのに、寂しく感じる自分がいる。

図々しいな……と、胸中で自嘲《じちょう》した。自分はいつから、こんなに浅ましく図々しい人間になったのだろう。身代わりではなく、自分自身を見てほしい、なんて……。


その夜のことだった。

夜中に散歩に出てみようなんて思ったのは、昼間囚《とら》われた思考が夜になってもぐるぐると巡って、眠れなくなってしまったためだ。

——ユーリィが泣くから僕を引き止めただけのことだし……。

いまさらなことを思って、窓越しに月を見上げていたら、無性に外の空気を吸いたくなった。なぜそんな思いに囚われるのか、どうして苦しいのか、わからないままにため息だけが零れる。

思いがけず貴族の生活を垣間《かいま》見ることができてラッキーだった。日本に帰って大学の研究室の皆に話したらきっとビックリするに違いない。その程度の話のはずなのに、どうして……。

長い廊下のなかほど、一際大きな扉の向こうは談話室で、そこのテラスから階段が通じていて庭に降りられるつくりになっていたのを、案内されたときに見て覚えていた。鍵《かぎ》がかかっていても内側からなら外に出られるのではないかと思ったのだ。

思ったとおり、テラスの階段が庭へと繋がっている。セキュリティの心配をしたものの、思いがけずすんなりと外へ出られてしまった。

庭園はライトアップされているけれど、日本の明るい夜に慣れた目には、それでもかなり薄暗い。

そのかわりに大きな月が藍色《あいいろ》の夜空にぽかりと浮かんで、足元を照らしてくれている。

ベルカストロ家の敷地だから、夜の公園を散歩しているのと違って危険はないはずだが、あまりに広すぎてやはり怖い。

夜行性の小動物が活動しているのだろうか、風は吹いていないはずなのに葉音が聞こえる。やはり部屋に戻ろうかと踵を返したところで、足元を何かが駆け抜けて、びっくりして飛び上がる。

「……っ！」

ネズミを咥《くわ》えた黒猫が、植え込みの陰で目を光らせていた。つい忘れがちだが、そういえば猫は夜行性の肉食獣だった。昼間に見た記憶のない子だけれど、これだけ広い敷地なのだから、勝手に棲みついていても頷ける。ネズミ捕りが得意なようだから、普段は牧場のほうで飼われている子かもしれない。

「び、びっくりした……」

心臓がバクバクと鳴っている。黒猫はしばし凪斗をうかがったのち、植え込みの向こうに姿を消した。

やっぱり、夜の闇は怖い。

それが自然の本来ある姿だと思っても、山のなかで遭難したわけではないのだから問題ないとわかっていても、怖いものは怖かった。

大股に来た道を戻って、談話室を突っ切り、長い廊下に出てようやくホッと息をつく。

だが、やはり動揺しかったのだろうか、長い廊下を逆に進んでしまったことに、なかほどまで歩いたところでようやく気づいた。

長い長い廊下を、また戻らなければならないのかと思ったら、ちょっとウンザリした。広すぎるお屋敷も考えものだ。日本の住宅はコンパクトに使い勝手よくできているものなのだと、どうでもいいことが頭を過る。

廊下を戻る途中、さきほどは気づかずに通りすぎたドアの向こうがまた廊下になっていることに気づいて、凪斗は足をとめた。なぜわかったかと言うと、少し開いて、その向こうに燭台の灯《あか》りが見えたからだ。

さっきは開いていたのだろうか。凪斗が庭に出ている間に、誰かが灯りを灯《とも》したのかもしれない。

でも、こんな時間に？

どうせ部屋に戻っても眠れそうにない。少しの冒険心に駆られて、凪斗は薄く開かれたドアの向こうに足を踏み入れた。

そこは、凪斗がこれまで目にしていた館内とは、少し雰囲気が違っていた。装飾がシンプルで、実用的というか、もう少し生活感があるように感じる。ようは、本来客人が入り込むような場所ではないのだな……と、少し進んだあたりで気づいたものの、それでも歴史的価値の知れない館の一部であることに違いはなく、凪斗はすっかり見入ってしまった。どこもかしこも華美なわけではない。ちゃんと考えられているのだと感心する。

足を止めたのは、開かれたドアの向こうから、人の話し声のようなものが聞こえたため。

誰かいるのだろうかと思って歩み寄って、それがデュリオとジュリアーノのものであることに気づいた。

普通に会話をしているわけではないことには、開かれたままのドアの隙間からなかを覗き込むまで気づかなかった。

こんな時間まで起きているのなら、話し相手になってもらえないだろうか……と、邪気のないことを考えていた。

己がいかに子どもかを、室内を覗いた直後に思い知らされる。

大学四年にもなって、充分に成人でありながら、凪斗はそちら方面の経験値が、同世代男子に比べてかなり低い自覚があったものの、だからこそ思いつかなかったのだ。

昼間のふたりの様子から、凪斗の目には仕事での付き合い以上のものがあるようには見えなかったし、それどころか対立する空気も感じていた。ワルターの右腕と左腕、ともに譲れない部分があるのかもしれないと、なんとなく見ていたにすぎない。

そのふたりが深夜に一緒にいたからといって、プライベートを想像することは不可能だった。

だから、目にした光景を理解するのに、しばしの時間を要した。

まだ出会って数日しか経《た》っていないうえ、それほどの言葉を交わしたわけではないけれど、凪斗はデュリオに対してストイックなイメージを持っていて、彼がスーツの襟元を乱している姿など想像できなかった。

一方のジュリアーノに対しては、モデルでも俳優でも成功できそうな容貌と口の達者さを兼ね備えていながらどうして弁護士になったのだろうかと不思議に思いつつも、いかにもなラテン系の気質に愉快さを感じていた。

そのふたりが、凪斗の理解の範疇《はんちゅう》を大きく逸脱する光景を生みだしていた。

乱れたところなど想像もつかなかったデュリオの襟元が乱され、白い肌が露わになっている。お調子者を気取っていたはずのジュリアーノの緑眼が、サディスティックに眇められている。

不用意に覗いてしまった部屋が、デュリオのプライベートルームであることに、ローテーブルに無造作に積み上げられた医学書の山を見て気づいた。

だが、気づいたところで、自分の犯した無作法が帳消しになるわけもない。

凪斗は、立ち去ることはおろか、目を逸《そ》らすこともできないまま、その場に硬直した。

部屋のなかほどに置かれたソファの上で、デュリオとジュリアーノが抱き合っていた。当然、ただ抱き合っているだけではない。ふたりは濃密な口づけを交わしていた。

「……んっ」

甘ったるい吐息とともに口づけが解かれる。デュリオの灰緑の瞳が妖艶《ようえん》な光をたたえて、その中心にジュリアーノを映している。

凪斗が知るのと同一人物とは思えない危険な空気をまとった色男の、エメラルドの瞳を間近に見据えて微笑む。その艶《つや》めいた表情に、凪斗は無意識にもゴクリ…と唾《つば》を呑んでいた。

それから起こったことには、凪斗は声を上げないようにこらえるだけで精いっぱいだった。

デュリオに肩を押されて、ジュリアーノがソファの背に背中をあずける。痩身をあずけたデュリオの白い指が、自分のものとは色味の違う金髪を掻き混ぜ、ジュリアーノの唇は眼前に曝《さら》されたデュリオの白い首を舐《ねぶ》り、食《は》んだ。

ジュリアーノのはだけられたシャツの合わせから覗く逞《たくま》しい肉体に愛撫《あいぶ》を降らせながら、デュリオの痩身がジュリアーノの両脚の間に膝をつく。そして、餓えたようにフロントを寛げ、白い指に捉えたジュリアーノ自身に舌を絡ませた。

厭《いや》らしい水音を立ててしゃぶり、喉の奥深くまで咥え込む。

「……んっ、ふ……っ」

秘めた息遣いが、やけに大きく響いた。

ジュリアーノの緑眼が眇められる。サディスティックに歪む唇に浮かぶ笑み。大きな手が口淫《こういん》に耽《ふけ》るデュリオの髪を摑み、乱暴に引き寄せた。

「……っ」

デュリオの痩身が喘いで、けれど悲鳴は言葉にならない。かわりに、恍惚《こうこつ》を浮かべていた美しい顔

に苦渋が浮かぶ。

ややしてジュリアーノの腰が痙攣《けいれん》して、デュリオの口腔《こうこう》で果てたように凪斗には見えた。

「……っ、は……っ」

だが、より恍惚の表情を浮かべているのはデュリオのほうで、彼の狭間をジュリアーノの足が刺激すると、彼の太腿《ふともも》に縋る恰好で痩身がビクビクと震えた。

「まったく、昼間のストイックさが嘘のような淫乱ぶりだな」

ジュリアーノの揶揄に反論するかわりに、デュリオはまた彼自身に食らいつこうとする。それを片腕で制して、ジュリアーノがデュリオをソファに引き上げた。引き裂くかのように着衣をはだけ、白い足を抱える。

「……っ！　ひ……っ、あ……ぁあっ！」

ジュリアーノにのしかかられた直後、デュリオが悲鳴を上げた。

「食いちぎるなよ」

「い……ぁっ」

デュリオが感じているのが苦痛だけではないとわかる嬌声《きょうせい》だった。

この行為が暴力的に強いられたものではないことを、ジュリアーノの背に縋る腕が教えてくれる。

切なげにシャツを摑み、その下の肌に爪痕《つめあと》を刻もうとする。

粘着質な水音と肌と肌のぶつかる艶《なま》めかしい音。はじめて耳にするそれらに五感を犯されて、凪斗は気づけば、廊下にへたり込んでいた。

ややして、一際高く響く嬌声。

「ひ……っ、あ……ぁっ！　……っ！」

荒い呼吸の合間に濡れた喘ぎ。そして、口づけのリップ音。

「ん……っ、まだ……っ」

「物足りなさそうだな、ん？」

囁き合う甘い声。

「放…せっ、や……ぁっ！」

荒い呼吸が落ちつく間もなく再びジュリアーノが動きはじめて、広い背を抱き返すデュリオの白い指が、シャツに皺を寄せた。その仕種が、妙に艶めかしい。

息をするのも忘れて、凪斗は室内の様子に見入っていた。

昼間のふたりの様子から、恋人同士であることなど、まるで想像しなかった。身近に同性間の恋愛関係が存在しないわけではない。大学入学直後にカミングアウトをしているクラスメイトもいて、決して偏見の目を持っているわけではない。

それでも、受けた衝撃は大きくて、凪斗はすぐに立ち上がることができなかった。

室内からは、さらに悩ましさと激しさを増した声が届く。デュリオの声は喘ぎしか聞こえない。そのデュリオにジュリアーノは「厭らしいな」とか「なかがうねってるぞ」とか、辱める言葉ばかりをかけている。けれどその声はひたすら甘かった。

同級生にそういう嗜好《しこう》の人間がいたところで、自分がその対象にされなければ、結局未知の世界のことでしかない。凪斗自身がそうした誘いを受けることはなかったし、興味を持つこともなかった。

だから、繫がらなかったのだと気づかされた。

デュリオとジュリアーノの関係を覗き見てしまって、はじめて自身の内に芽生た感情の意味を自覚する。

ワルターに対して抱く感情が、恋とか愛とか名づけられる種類のものであることに、唐突に気づいてしまったのだ。

男の自分がワルターに対して抱く感情を、恋情だと考えることができなかった。だから、なんとなく悶々としていた。

それが、デュリオとジュリアーノの関係を見てしまったことで、そういう関係もあるのだと、自分に置き換えて考えることができた……できてしまった。

自分は妹のイルマの身代わりなのだろうと考えて、それを寂しく感じていた。なんとなくしっくりこないあの感覚は、そういう意味でワルターを意識していたからこそ。

――僕……。

自分には以前からそういう嗜好があったのだろうか。けれどこれまで、同級生や周囲の同性に対して、そんな感情を抱いたことはない。ワルターがはじめてだ。

風呂で逆上せた夜、あんな夢を見た理由も、いまさら合点がいった。自分の鈍さに呆れる。あの時点で気づいてもよかったろうに。

恋愛経験値の低さが、こんな場面で災いしようとは……。

出会ってあまりにも間もないために、そんなわけがないと深層心理でブレーキをかけていたのかもしれない。もしくは、住む世界が違いすぎて、あまりの分不相応に恐れをなしていたから、考えないようにしていたのかもしれない。

――どうしよう……。

今身体が熱いのは、覗き見てしまった光景が刺激的すぎたからではない。ジュリアーノに抱かれるデュリオに、自分自身を重ねてしまったためだ。もちろん相手はジュリアーノではない。想像したのは……。

――……っ。

ドクンッと、破裂しそうな勢いで心臓が鳴った。あまりの動悸《どうき》に飛び上がって、慌てて廊下を引き返す。慌てていたにもかかわらず、今度は迷わず自室に辿りつくことができた。

ドアに鍵をかけて、ずるずるとその場にへたり込む。

「どうしよう……」

今度は、震える声で呟いていた。

ますます日本に帰れなくなる。いや、深入りするまえに、帰国したほうがいいかもしれない。

「デュリオさんは、綺麗だから……」

あんなに綺麗だから、同性であってもジュリアーノに愛されているのだ。自分などが、同じに考えていいわけがない。

報われるはずのない想いに身を焦がして、哀しい想いをするのは嫌だ。せっかく出会えたのだから、楽しい思い出だけを持って、日本に帰りたい。

帰国すれば、あとは社会人になるまでの短い時間、慌ただしくすぎるだろう。社会に出てしまえば、新任教師としての日々に忙殺されて、シチリアでの夢のような数日間のことなど、思い出す余裕もなくなるはずだ。

それでいい。

そうして、忘れるのだ。忘れられるかわからないけど、でも忘れたほうがいいに決まっている。

「ワルター……」

声に出して名を紡いだら、たまらなく胸が締めつけられた。

自分はそんなに寂しかったのだろうかと、おかしくなった。そしてすぐに、そうではないと考え直した。

寂しさを埋めたいだけなら、これまでにだって、恋愛のチャンスはいくらでもあった。奥手の凪斗だって、何もかもまったくの未経験というわけではない。

高校時代にも大学に入ってからも、告白されて付き合ったことはある。でも、凪斗から誰かを求めたことはない。だからだろうか、深い関係になるまえに、飽きられて振られてばかりだった。

そのうち、自分は恋愛に向かないのだと諦めて、好きな考古学に没頭しているうちに大学の四年間はあっという間にすぎていた。気づけば卒業まであといくらもない時期、社会に出ても自分に興味を持ってくれるような異性は現れないに違いないと思っていた。同時に、自分が誰かに強い興味や感情を抱くことなど、一生ないのだろうとも考えていた。

そんな自分が、出会って間もない相手に特別な感情を抱くなんて……。

「なんで……」

理由もきっかけも、はっきりしないというのに……。

抱えた膝に顔を埋《うず》めて、身を縮こまらせる。両親をなくしてひとりぼっちになったときも、こうしてぎゅっと膝を抱えて、小さくなっていたことを思い出した。

4

翌朝、凪斗《なぎと》がユーリィを膝にいつものガーデンテーブルで朝食をとっているところへ、遅れてワルターがやってきた。

時差の関係で、すでにビジネスモードにあるらしく、背後にデュリオを従えている。彼の手にはタブレット端末と書類の束。ストイックに結ばれたネクタイのノットが目に入って、凪斗は途端、落ちつかない気持ちに駆られた。

これほど清潔でストイックなイメージのデュリオが、夜にはジュリアーノとあんな……と、昨夜目撃した光景を思い出してしまって、視線を合わせられなくなる。

「あーう？」

どうしたのかと尋ねるかのように、膝の上でユーリィが凪斗の頬に手を伸ばしてきた。

その微笑ましい様子に碧眼を細めて、ワルターが向かいに腰を下ろす。タイミングを見計らったように、執事がエスプレッソのカップをテーブルに置いた。

デュリオは傍らに立ったまま、書類の記載内容について報告をし、タブレット端末をテーブルに置いてワルターに目をとおすように促してくる。朝のあいさつすら邪魔になりそうだと、凪斗は会釈にとどめた。

言葉を交わさずに済んだのは幸いだった。

デュリオの顔も見ないで済む。

あとはどうにか理由をつけて、腰を上げるタイミングを計らなければ。

でもそのまえに、そろそろ日本に帰ろうと思っていることを告げて……でもユーリィがいる場所でその話はできない。ユーリィに泣かれたら、凪斗の決意も揺らぐ。ワルターとふたりきりで……と考えて、もっとまずいと首を振った。ふたりきりになったら、それこそ言葉など出てこない。

どうしよう……と、胸中でひとり問答を繰り返していたら、下からじっとうかがう碧眼。ユーリィがきょとりと首を傾げて、零れ落ちそうに大きな瞳に凪斗をじっと映している。思わずドキリと心臓が跳ねた。ワルターそっくりの碧眼は、本当に心臓に悪い美しさだ。

さらには、テーブルの向かいからうかがう視線。

書類を手にしたワルターとデュリオが、怪訝そうな顔で凪斗を見ていた。

「あ……」

ひとり百面相をしていたことに気づいて、カッと頰に血が昇る。膝の上のユーリィがますます首を傾げて、不思議そうに碧眼を瞬いた。

「お、お仕事の邪魔になるといけないので、僕、あっちに行ってます」

ユーリィを抱いて逃げるように席を立つ。騎士《ナイト》がわりの猫たちを引き連れて、凪斗は足早にガーデンテーブルを離れた。

「凪斗」

呼びとめられて、足を止めるものの、秘めた気合いとともに振り返り、「お仕事、してください」と一方的に告げて踵を返す。

どうしようかと考えて、今日は果樹園に足を向けてみることにした。

遊歩道を抜けると、シェフが出入りする菜園があって、その奥に家人のための果樹園がある。売りものではなく、館の食卓に並べる料理に使うための菜園であり果樹園だ。

無農薬無肥料の自然栽培だというのに、野菜も果樹も艶々で虫もついていない。海外――とくにEU諸国を旅行していると、こうした農園を見かけることは多いが、ここはとくに生命力にあふれている気がする。

農薬や除草剤を使っていないから、ユーリィを連れて散歩コースにしても問題ない。猫たちが雑草を踏んで駆けっこしても平気だ。

「美味しそうだね、ユーリィ」

「あう〜」

「ひとついただこうか？」

「あーう」

シチリア特産のブラッドオレンジをひとつ拝借して、皮をむく。瑞々《みずみず》しい果汁が飛んで、ユーリィが歓声を上げた。

「食べられるかな？」

果肉のやわらかいところだけを口許にもっていく。粗搾りジュースを飲むような感覚で、ユーリィはそれを口にした。美味しいのだろう、きゃっきゃと四肢をばたつかせる。

だが、たっぷりの果汁が滴って、イルマ手製のベビーエプロンを汚してしまう。そのためのエプロンだからいいのだけれど、大切なものだからと思いハンカチを取り出した。

「刺繍がいたまないように、あとで手洗いしてあげるね」

ハンカチで果汁を拭っていたときに、エプロンの端が少し硬いことに気づく。二枚合わせに縫われた布地の間に刺繍の台紙が残っているのだろうか。

「僕もなにか、残していきたいなぁ」

先日からずっと考えていることだ。ユーリィにはもちろん、ワルターにも、よくしてくれた女中頭や館の皆にも。

とはいえ、何かプレゼントを贈れるほどの持ち合わせはないし、そもそも瓜斗の資金力で買えるようなものなどワルターには似合わないだろう。

亡母が残したベビーエプロン以上のものをユーリィに手づくりしてやることもできるわけがない。質という意味ではもちろん、その意味合いにおいても、母親と張り合おうとするのが間違いだ。

「僕にできること……」

なにかないだろうか……と考えて、あることに閃《ひらめ》き、凪斗は「そうだ！」と腰を上げた。

「いいこと思いついたよ」

「あーう？」

「市場にお買い物に行こう！」

「あーう！」

街に下りれば市場がある。海に囲まれたシチリアは海産物が豊富だ。野菜は菜園で手に入るもので充分だけれど、新鮮な魚は市場でなければ手に入らないだろう。

いまは世界中どこでも和食ブームだから、ちょっとしたマーケットに行けば日本の調味料も手に入る。少量だったら、凪斗の荷物にも入っている。海外に出るときには、梅干しと一緒に醬油《しょうゆ》や味噌をいつも持参しているのだ。

「ユーリィにも食べられるものがつくれるといいんだけど」

ワルターとは顔を合わせづらい。庭を迂回《うかい》して館の裏手に回って、執事か女中頭に相談してみることにする。

館の裏手にまわると、女中頭が若い女中たちに仕事を指示しているところだった。この立派な屋敷を維持するために、いったいどれほどの人たちが雇われているのか。それは贅沢というのではなく雇用を生み出しているのだ。果樹園も牧場も、そもそもは領民たちが日々の糧を得る手段として、統治者が与えたものなのだから。

「凪斗さま！　どうなさいました？」

こんな場所までこなくても、呼んでもらえればかけつけるのに、と目を丸くする。凪斗は「ユーリィとお散歩の途中なんです」と適当にかわし、車を出してもらえないかと頼んだ。

「まぁ、どちらへ？」

「市場にお買い物に行きたいんです」

ワルターの許可は得ていると嘘を言っても通用しないだろうと思い、ワルターに和食をつくって礼をしたいのだと素直に相談した。

「お魚と、あともし手にはいれば日本の食材がほしくて……」

「まぁまぁ、素敵！　日本の調味料なら、市場通りのマーケットで売っていますよ」

ぜひ日本の味を教わりたいわ！　と、女中頭が笑みを見せる。

「ぜひ。お手伝いしてもらえると助かります」

「わかりました！　おまかせくださいな」

力強く応じて、女中頭は車の手配を執事に進言してくれる。執事は、そういうことならと、荷物持ち兼運転手を手配してくれた。そして、案内役に女中頭をつけてくれる。

ユーリィのおむつをとりかえて、綺麗なエプロンにとりかえる。果汁に汚れたエプロンは、お出かけ準備で急いでいたのもあって、ハンカチのようにたたんでひとまずポケットへ。

「楽しみだねぇ、ユーリィ」

「ああーう！」

考えてみれば、ユーリィを連れてのはじめてのお出かけ。凪斗も気分が高揚してくる。ワルターとの別れの晩餐《ばんさん》をつくるための買いだしだと考えれば切なくもあるけれど、どのみちいつまでもいられるわけではないのだから、今は楽しもうと決めた。

「もう、本当の親子のようですわねぇ」

女中頭が微笑ましげに言う。これまでなら、「そんなことは……」と苦笑で返していたところだが、今日は違った。

「だったら、よかったな……」

そんなことを呟いてしまって、ハタと我に返る。

「凪斗さま？」

女中頭が怪訝そうにするのを見て、「イルマさんは、僕なんかと比べられないくらいの、すごい美人だったんじゃないですか」と冗談めかして返した。

いずれワルターが伴侶《はんりょ》を得れば、きっとその女性がユーリィの母親がわりを務めることになるに違いない。物心ついたころには、ユーリィは凪斗のことなど忘れている。

寂しいけれど、それが当然のことだし、一番自然な流れだろう。

市場は、地元住民が買い物にくる場所で、こじんまりとしているものの、売っている品はどれも新鮮そうだった。

新鮮なウニとカジキの切り身を買い、海老《えび》と烏賊《いか》とムール貝も。鯛《たい》の近種と思《おぼ》しき魚は尾頭つきで買った。鯛飯にしようと思ったのだ。

買った荷物は運転手が荷物持ちを買って出てくれて、抱っこ紐《ひも》でユーリィを抱えた凪斗は、買い物に集中することができた。

だいたいのメニューは決めて買い物にとりかかったはずなのに、いざとなるとあれもこれもと欲が出て、たくさん買い込んでしまう。市場はマーケットより安いから、ついつい財布のひもが緩んでしまうのだ。

ワルターは、日本食が好きだろうか。海外のセレブと言われる人たちなら、和食を口にする機会は少なくないはずで、好みがわかればよかった。懐石料理と言われたら困るけれど、そのなかの一品だったら凪斗にもつくれるかもしれない。

でも、訊いてしまったらサプライズにならない。

ベルカストロ家の食卓には、色とりどりの食材が並ぶ。ワルターがなにかひとつをとくに気に入っていた記憶はない。

好き嫌いがないことを祈って、献立のレパートリーを頭のなかで捲りつつ、買い物に夢中になっていたら、いつの間にか案内を買って出てくれた女中頭とはぐれていた。

「……あれ？」

買い物客の姿は多いものの、女中頭も運転手も見当たらない。

さして広い市場ではないとはいえ、はじめての場所だから右も左もわからない。どの路地をいったら車を停めた場所に戻れるのだろう。

「どうしよう。迷子になっちゃった」

「あう？」

ユーリィの背を撫でながら周囲を見渡す。陽が高く、市場は活気にあふれているけれど、途端不安を覚えた。言葉もわかるし、いざとなればタクシーを拾って帰ればいい。ベルカストロの屋敷と言ってわからないドライバーなどこのあたりにはいないはずだ。

だというのに、なぜだか心がざわつく。

「車にもどろうか」

「あーう」

店の人に道を聞きながら歩けば、記憶にある場所に戻れるだろう。

マーケットの調味料売り場でＴＡＭＡＲＩと書かれた醤油をみつけて購入し、レジ袋ひとつを手に路地をみやる。

「えっと……」

とりあえず来たほうへ戻ってみることにした。

「大丈夫だよ。そんな顔しないで」

ユーリィも不安げに凪斗を見上げている。小さな手が、凪斗の胸元をぎゅっと掴んでいた。

携帯端末は持っているけれど、海外ではＷｉ－Ｆｉ接続しかしていないから電話としては使えない。でもいざとなれば海外ローミングサービスを利用すればすむことだ。

「あ、ここなんとなく覚えがある。ほら、ね？」

「うう～」

ユーリィも覚えてない？　と反応をうかがいながら歩く。ユーリィは違うというように眉間に皺を寄せた。

「そうかなぁ？　この角だと思うけど……ここを曲がると……」

日本語でひとりごとを呟きながら歩く。通じないはずなのだが、動物と同じように声のトーンで感じ取っているのだろうか、ユーリィはちゃんと相槌を返してくれる。けれど、そのどれもが色よいものではない。

小さな手が、シャツの胸元をぐいぐいと引っ張る。「違うよ、凪斗」とでも言っているかのようだ。

「あれ？」

これはどうやら、本格的に迷ってしまったらしい。

「おかしいなぁ」

「うう～」

だから言ったのに！　と主張するかのように、ユーリィが不服を訴える。

「だって……」

日本語と喃語とで、通じるはずのないやりとりを交わしながら歩いていたら、とうとう薄暗い路地に入り込んでしまった。

世界遺産に登録されるような城塞《じょうさい》の街にはよくあることだ。これが通路なのかと不思議に思うような細い路地を、生活道路として使っていたりする。どこまでが公道でどこからが個人宅なのかよくわからないことも多い。

もはや市場ですらない場所に迷いこんでしまって、凪斗はため息をつく。

ワルターにお礼がしたかっただけなのに。これでは迷惑をかけてしまう。でも、ユーリィも一緒だから、これ以上の時間はかけられない。

ポケットから携帯端末を取り出して、設定画面を呼び出す。海外ローミングサービスをONにして、登録しておいたナンバーを呼び出した。


朝から凪斗の様子がおかしいことに当然ワルターも気づいていたが、口に出したのはデュリオのほうが先だった。

「なにをなさったのです？」

主の咎を責め立てようとするものでしかない問いかけに、ワルターは眉間に深い皺を刻んだ。

「……なんの話だ」

濡れ衣《ぎぬ》も甚だしい。

「あれだけ御忠告申し上げましたのに、手を出されたのかと思ったのですが」

「子ども相手に無体をする気はないと言ったはずだ」

「そうでしたか？」

そんな話を聞いただろうかと惚《とぼ》けられる。

昨日、たしかに多少浮かない顔をしていたが、慣れない子守に疲れたか、好きな遺跡巡りを中断されたストレスだろうと踏んでいた。あるいはホームシックか。

だが、凪斗に家族はない。友人知人はいるにしても、日本に彼の帰りを待つ家族はない。何より、長い休みのたびに海外で遺跡巡りをしてきたというほど海外旅行に慣れているのだから、たかが数日の足止めでホームシックにかかるわけもない。

だとしたら、何が彼にため息をつかせるのか。

あるいは日本に、恋人を置いてきているのだろうか。楚々《そそ》とした美少女か、それとも姉さん女房気質の年上美女か……。生真面目で奥手なきらいのある彼には、どちらも似合いだろう。

そんなことを考えて、これではデュリオになんと言われても反論のしようもないと自嘲する。

いい歳をして、少年……いや、青年の見せる素直な表情に、日々癒《いや》されているなどと。我が子として育てるつもりで引き取った甥っ子のユーリィを膝に、足元に猫たちをまとわりつかせた姿など、微笑ましさの極みだ。

　だが、確実に日本に帰してやらなければならない。それができないときは、水面下の攻防に、自分が負けたということだ。そんなことはあってはならない。凪斗の生命にかかわる。もちろん凪斗だけではない。ベルカストロの傘の下で生きる者たちすべてを危険にさらすことになりかねない。

　光のもとに影ができるのは必定だ。光と闇は表裏一体の関係を維持して、この島の歴史をかたちづくってきた。だが、一度闇に侵食されれば、光に塗り替えることはかなわない。光は光として存在しなければならない。たとえ足元に闇をたたえていたとしても。

「こちらの情報を、司法当局とインターネットとに、同時に流す準備を整えております。タイミングはいかがいたしましょう？」

「少し待て。肝心のデータが見つからんのでは話にならん」

「いったいイルマさまは、どこに隠されたのか……」

　デュリオが少しくだけた口調で呟く。

「あれは細かい仕掛けを考えるのが好きだった」

　ワルターの言葉を受けて、口許に笑みを刻んだ。

「よく、パーティのサプライズ企画をしかけられました」

　イルマの考えるサプライズの餌食《えじき》になるのは、兄のワルターか普段からクールなデュリオで、お調子者のジュリアーノは脅かしても反応が予測できすぎてつまらないと言って、あまり標的にはならなかった。

バースデイパーティでは、ケーキから白い鳩《はと》が飛び出したこともあった。ニューイヤーパーティでは、ボールルームの中央でいきなり日本のチャンバラがはじまったこともあった。

すべて、イルマが自分で手配して、こっそりと企画したものだ。驚くワルターやデュリオの表情を写真や映像に収めては、それはそれは愉快そうに笑っていた。ベルカストロ家にとっての太陽だった妹は、もはや亡い。

幼い息子を遺していってしまった。

最後の最後まで、サプライズを忘れなかった。

兄のために、組織間のパワーバランスを揺るがしかねないデータを盗み出して、どこかへ隠してしまった。本当は、ワルターの手に渡るはずのものだった。だが追っ手に気づいたイルマがどこかへ隠した。

忘れ形見であるユーリィの安全確保はかなったものの、もうひとつの形見ともいうべきデータが見つからなければ、イルマの弔い合戦にもならない。

データの所在さえ摑めれば、もはや遠慮は無用。イルマの命を奪ったやつらを、完膚なきまでに叩き潰す。徹底的な打撃を与えてやる、準備は整っている。

愛する者のためなら、どこまでも冷酷になれる。光に隠された、ワルターの闇の一面だ。

それを、凪斗が知る必要はない。知らないままに、日本に帰してやらなければならない。デュリオの言うとおり、それが正しい結末だ。

だが……。

「ご報告申し上げます。凪斗さまとユーリィさまが――」

青い顔で垂直に腰を折ったのは老執事だった。

「……なんだと？」

ワルターの碧眼が眇められる。彼が指示を出すまえに、デュリオが部下に命じていた。

「いますぐ凪斗さんの確保を」

じっと報告を待つことなどできない。

「どちらへ……っ」

腰を上げたワルターをデュリオが引き止める。もはや気安く動いていい立場ではないと、自覚しろと言いたいのだろう。耳にタコができるほどに聞いた苦言を、ワルターは今度も聞き流した。

凪斗の携帯端末の通信情報を追えば、位置の特定は容易だ。

「屋敷の外に出るなどと……！」

いったいなんのために匿《かくま》っていたのかわからないではないか。このチャンスを、やつらが見逃すはずがない。やつらというのは、イルマの命を奪った連中だ。

「車をまわせ！」

凪斗とユーリィが危険だ。

闇社会は情報に通じている。いかにワルターが匿《かく》そうとも、完璧な秘匿は不可能といっていい。

凪斗は、ユーリィを助けたときに、連中に顔を見られている可能性が高い。


チンピラ風の男たちに囲まれた。

風体は似ていても、ユーリィを助けた時に凪斗を囲んだ黒服の面々とは醸す雰囲気がまるで違う。

明らかな危険を感じた。

「……っ」

ユーリィをぎゅっと抱いて、石積みの壁を背にじりじりとあとずさる。

――まさか、また誘拐？

またユーリィを誘拐して、ワルターになにがしかの要求を飲ませようというのだろうか。

ユーリィを渡すわけにはいかない。どんなに脅されても、絶対にこの手を放すものか。妹を失ったばかりのワルターから、唯一残った家族を奪うことなどできない。ひとりぼっちのつらさは、凪斗が誰よりも一番よくわかっている。

「け、警察呼びますよっ」

なんの効果もないとわかっていて、一応言ってみる。案の定、囲む連中はまるで動じない。

「データはどこだ」

おとなしく渡せば危害は加えないなどと、まるで信用ならない定番のセリフを口にする。このあたりは全世界共通なのだな、なんてどうでもいいことを思った。

たしか最初のときにも、同じようなことを訊かれたのを思い出す。だが凪斗には、なんのことやらさっぱりだ。

けれどここへきて、あれがたんなる誘拐などではなかったことに、ようやく気づく。

この連中の本当の狙いはユーリィではなく、そのデータとやらなのだ。それを手に入れるために、こうして囲んでいる。逆に言えば、それを手に入れるまで、ユーリィに危害が加えられることはないと思われる。

だからといって、暴力的手段をとるような連中の言うことを真に受けるわけにはいかない。なんとかして、ユーリィを逃がさなくては……。

すると、まったく怯《ひる》む様子のない凪斗を見たチンピラ風の男のなかのひとりが、思いがけない言葉を口にする。リーダー格なのだろう、彼にとっては確認しておくべき事柄だったのかもしれない。だが凪斗にとっては、事態をより複雑化させる問いかけだった。

「きさまもファミリーの一員なのか？」

まさか日本人が？　と、怪訝そうに言いながら、懐から凶器が取り出される。黒光りするそれが、本物なのか模型なのか、凪斗に区別がつくはずもなかった。

——拳銃《けんじゅう》……!?

脅しの手段なら、こうして囲んでいるだけで充分な効果がある。ナイフの一本もあれば、小さな子どもを抱えたこちらはおとなしくする以外に取れる手段などなくなる。同じ暴力的手段を持つ者同士ならともかく、凪斗は無力なのだから。

リーダー格の男につづくように、囲んでいた連中がつぎつぎと胸元から拳銃を取り出して、その銃口を凪斗に向けた。暴力に慣れない凪斗にとっては、充分に心的外傷になりうる異常事態だ。

言葉もなく呆然と立ち竦むしかない。それでも本能的にユーリィを守ろうとしていた。ユーリィは小さな手でぎゅっと凪斗に縋って、懸命に恐怖に耐えている。こんな小さな子に、犯罪の記憶を植え付けたくはない。

ユーリィを気遣う一方で、まともに動かなくなった思考回路下にあっても、男が口にした単語が引っかかっていた。

——ファミリー……?

イタリアにおいて、その単語が単純に家族を意味するものではないことくらい、凪斗だって知っている。けれどどうして、いまここでその単語が紡がれるのか。

「答えろ！　返答しだいによっては——」

複数の銃口が、凪斗の額を捉えた。「——ただではおかない！」と、つづけられるはずの恫喝は、しかし最後まで紡がれることはなかった。

「ふぎゃぁあぁぁ……！」

「……っ！　ユーリィ……⁉」

凪斗の腕のなかで、火がついたかのようにユーリィが泣きはじめたのだ。

狭い路地奥で多少ごたごたしていようとも目立たないだろうが、これほどの声で赤子が泣きはじめれば話は別だ。大通りにも、声が届いてしまう。

「……ちっ」

くそ……っ！　と吐き捨てて、男たちの囲いがゆるむ。

退散しかけたところで、しかし男たちは何者かによって足止めを食らった。

いつの間に駆けつけたのか、黒服の男たちが、チンピラ風の男たちを囲んでいたのだ。拳銃を抜きとるまえにこめかみに銃口を押しつけられて、男たちは動きを封じられる。

「連れて行け」

囲む男たちの向こうから指示の声がして、それが聞き覚えのあるものであることに凪斗は気づいた。

チンピラ風の男たちを引っ立てて黒服の強面の男たちが消えたあと、この場に残っていたのはデュリオだった。

「デュリオ……さん？」

どうして……？　と、口中で疑問を転がす。

だが、その背後から大股に歩み寄る長身に気づいて、凪斗はさらに大きく目を見開いた。ワルターと入れ替わりに、デュリオが背を向ける。ひと言もなく。

凪斗の目は、手にしたものを胸元にしまうワルターの動作を追っていた。凪斗とユーリィを囲んで脅した男たちが手にしたのと同じ鋼の凶器を。ワルターも手にしていたのだ。それを脇のホルスターにおさめた。

イタリアにおいても銃器の所持には規制がある。米国ほど簡単に一般人が銃を手にすることはできない。

日本やイギリスほどに規制が厳しいわけではないが、猟銃以外の銃器を所持するのは特別なことのはずだ。

凪斗の目に、ワルターの拳銃の扱いは手慣れているように見えた。

セレブが身を守るための範疇なのか、それ以上なのか、平和ボケした日本人でしかない凪斗にはわからない。わからないけれど……。

――『きさまもファミリーの一員なのか？』

さきほどの男の言葉が、重い意味をともなって鼓膜に呼び起こされる。

まさか。ありえない。

なんてバカバカしい想像だ。あまり映画を見ない凪斗でも知っている、シチリアを舞台にした名作の印象が強すぎるのがいけない。

マフィアのファミリーの隆盛を描いた、名作。

ただのフィクションではない。あの映画は、この島の辿ってきた歴史そのものだ。遺跡にしか興味のない凪斗が観《み》たのも、そういう理由からだった。

「……」

ワルターの顔を見て、ユーリィがピタリと泣きやむ。

「よくやった。さすがはベルカストロの男だ」

大きな手にやわらかな黒髪を撫でられて、ユーリィは満足げに笑った。白い頬に涙の痕がない。あれは危険を知らせる声だったのか。

凪斗の頬に伸ばされた手が、頬に触れる寸前で止まった。

ワルターの碧眼が眇められる。凪斗の目が、ただ安堵の色を浮かべていたのなら、「もう大丈夫だ」と微笑んで、やさしく肩を抱いてくれたかもしれない。だが、そうできないことに彼は気づいた。凪斗の瞳に浮かぶ疑問と困惑の色を汲《く》み取ったのだ。

「ワルター……？」

本能的にあとずさりかけた痩身を、伸ばされた腕が少々乱暴に引き寄せた。

「……っ!?」

凪斗の腕のなかでユーリィはまるで動じていないけれど、凪斗の細い身体は小刻みに震えている。

チンピラに囲まれ銃口を向けられたからだけではなかった。

自分に向けられた、チンピラたちが手にしていた拳銃以上に、今ワルターがスーツのジャケットの下に密《ひそ》かに身につけたホルスターにおさめられている拳銃のほうが、凪斗にとっては何倍もの恐怖だった。

殺されるかもしれないという直接的な恐怖ではない。ワルターの背に、これまで見えなかった闇の存在を感じ取ってしまったがゆえの恐怖だ。自分を映す美しい碧眼が、ただ宝石のように澄んだ輝きを宿しているだけではないと気づいてしまった。

凪斗の肩を抱くワルターの指が、痛みをともなって肌に食い込む。

有無を言わさず車にのせられ、ベルカストロの館に連れ帰られる。ユーリィを助けた日、わけもわからず連行されたときでも、これほどに怖くはなかった。

凪斗の感情が伝わるのか、眉間に皺を寄せたユーリィが、じっと凪斗を見上げている。小さな手でひしっと縋って、可愛らしい唇を引き結んで、ワルターと同じ色の碧眼に、青褪《あおざ》めた凪斗の顔を映している。

その目を見返すのを、はじめて怖いと思った。

その恐怖を隠すように、ユーリィの小さな頭をぎゅっと胸に抱きしめる。

ワルターは、自分を助けに来てくれたのだろうか。ユーリィを助けに来たのだろうか。それともやつらが口にしたデータとやらの回収を目的に、自ら足を運んできたのだろうか。

不安に胸を押し潰されそうになりながら、結局自分が気にしているのはそんなことなのかと、凪斗はひっそりと自分を嗤《わら》った。

自分はなんて言ってほしいのだろう。肩に指先が食い込むほどの力で拘束されて、どんな言葉を欲しているのか。

ワルターの言動のすべて、自分のためだと言われたら、それ以上なにを問うでもなく、自分はワルターの言葉に従うだろうと凪斗は思った。

怖いのに、震えているのに、肩を抱く腕から伝わる体温に、胸が高鳴った。

視線を感じて首を巡らせたら、間近に見据える碧眼とぶつかった。ワルターの青い瞳が、じっと凪斗を捉えていた。

ドクリ……と、またひとつ胸が高鳴った。

館に連れ帰られて、ユーリィと離された。女中頭は気の毒そうな顔を向けるものの、ワルターとデユリオのまえでなにを言うこともできない様子で、ユーリィを連れて引き下がった。

泣くかと思われたユーリィは、ワルターに「いい子で待っていろ」と言われて、碧眼をひとつ瞬いた。

ふたりきりになって、言葉を待つ凪斗の耳に届いたのは、期待した言葉ではなかった。

「申し訳ないが、しばらく部屋から出ないでもらおう」

無事に日本に帰りたければ、言うとおりにしていることだと言われる。

「日本には帰してやる。それは約束しよう。手配が済むまではここで——」

ワルターがまともに話す気がないのを感じ取って、凪斗は言葉を遮る。端的に質問をぶつけた。

「あいつら、何を狙ってるんですか？　データってなんですか？」

最初のときにも同じ単語を聞いている。決して聞き間違いではないと追求する。

部屋を出て行こうとしていたワルターはドアに鍵をかけて戻ってきた。だが凪斗の顔を見ようとはしない。窓際に立って、その向こうに広がる領地を見やる。凪斗の胸中は大荒れだというのに、今日もシチリアの空は青く晴れ渡っていた。エトナ山の頂だけが、雲を纏っている。

「ファミリーって、言ってました」

おまえもファミリーの一員なのかと訊かれたと言葉を足す。凪斗の言動のなにが男にそう言わせたのかはわからない。

ただ、ファミリーの一員になるのが簡単ではないことは、知っている。命と引き換えても守るべき戒律に縛られていることも、ファミリーという言葉が意味するとおり、余所者が踏みこめる世界ではないことも。

「……」

ワルターは黙したままだ。凪斗は苛立《いらだ》ちを抑えて言葉を継いだ。

「イタリアで……シチリアでファミリーって……そんなの映画のなかだけの話かと思ってました」

冗談にもならない……と、つづける。

ワルターは淡々と、言葉を返してきた。

「シチリアの歴史に詳しいきみになら、真偽の判断はつくだろう」

凪斗の疑問を肯定したも同然の返答だった。だが、凪斗は満足できなかった。

「……っ、僕はあなたの口から聞きたいんです！」

真実を。すべてを。

何を思って凪斗をこの屋敷に連れ帰ったのか。紳士の顔で館に引き止め、唯一の家族であるユーリィをあずけてくれた。その無防備さを、どう受け取ったらいいのか。

凪斗になんらかの疑いをかけていたのなら、ユーリィに近寄らせるはずがない。いくら凪斗が亡妹に似てたからといって、母を恋しがるユーリィが凪斗に懐いたからといって、それを許すはずがない。

なのにワルターは、凪斗を館に留め、ユーリィを託してくれた。

やさしくしてくれた。

ひとりに慣れきっていたはずの凪斗に、寂しさを自覚させるほどに、大切にしてくれた。

「私が怖いか？」

「……え？」

唐突すぎる質問に思わず瞳を瞬いたあとで、凪斗はその問いの意味を理解した。

マフィアを恐れないはずがないと、ワルターは言いたいのだ。怖いだろう？　死にたくないだろう？　だったら見たものすべてに口を噤《つぐ》んで、さっさと日本に帰るのが懸命だと、そう言いたいのだ。

けれど、凪斗の答えは決まっていた。

「……怖くありません」

銃を手にしたワルターに対して覚えた恐怖は、そういう直接的なものではない。ワルターの抱えた闇の気配に恐怖したのだ。

「嘘をつくな」

「嘘じゃありません！」

条件反射で言い返していた。

「痩《や》せ我慢も大概にしたほうが身のためだぞ」

呆れの滲む声音で言われて、負けん気だけが頭を擡げる。ワルターが何を考えているかなんて、とっくにわかっているのだ。絶対に思いどおりになどならない。

「……僕に、なんて言ってほしいんですか？」

無駄な駆け引きに興じる余裕なんてない。ただ、ワルターの口から真実を語ってほしいだけなのに。

「僕があなたを否定すれば、あなたを犯罪者だと罵《ののし》れば、それで満足なんですか？」

ワルターがマフィアだと知れて、それを凪斗が恐れて、態度をコロッと変えたら満足なのか。きっとそうなのだ。ワルターは、凪斗を突き放したがっている。

「日本のヤクザには、仁義などという便利な言葉が存在するらしいな。だが、マフィアは違う」

そんな生ぬるい世界ではないと返される。

「いまどき日本のヤクザだって、仁義なんて言葉は使わないと思います」

仁義だ任侠だなどと、いったい何十年前の映画の世界だろう。今となってはヤクザでなく暴力団だし、もはや暴力団ですらないかもしれない。そんな世界のことなどニュースでしか知らないけれど、呼び名などどうでもいい。

マフィアだろうがヤクザだろうが暴力団だろうが、理性的に筋を通す人間もいれば、ただひたすら暴力的な人間もいるだろう。すべては個人差と、組織のトップに立つ人間の資質と器の問題ではないのか。

凪斗の指摘を、ワルターは聞こえなかったふりで聞き流すことにしたらしい。でもこちらは、聞き流せない。

「カタがついたら帰してやる。それまではおとなしく――」

「ユーリィは？　置いて帰れません」

自分にあんなに懐いているユーリィを放ってはおけないと返す。可愛い甥っ子の名を出しても、ワルターの反応は揺らがなかった。

「結局は赤の他人だ。情を移したところでなんにもならん」

「そんな……っ」

たしかに自分はなんの関係もない他人だけれど、でもここしばらくの間、毎日膝に抱いていたユーリィの体温は特別なものだ。日本に帰っても、きっと忘れられない。泣いていないだろうか、ちゃんとご飯を食べただろうかと、きっと毎日気がかりだ。

「こんな気持ちのまま、帰れません。忘れろって言われたって、忘れられません」

そんなに簡単に割り切れないと返す。ワルターの碧眼が眇められた。怒りを露わにしているようでもあり、一方で凪斗の目には切なげな表情にも見える。

「誰にも喋りません。でも……っ」

ユーリィのことだけは、そんな簡単に割り切れないと訴える。

自分が母親がわりになれるわけではないとわかっているし、ベルカストロ家の血を引く大切な存在であることもわかっているけれど、でも……。

どうせ割り切れないし、忘れられないし、そうしたら日本に帰ってもつらいばっかりだ。だから凪斗は考えた。

「マフィアって、秘密厳守なんですよね？　沈黙の掟《オメルタ》ってのがあって、組織の秘密は誰にも話しちゃいけないんですよね？　情報を漏らしたら、それだけで制裁対象なんでしょう？」

映画で得た知識がどこまで本当なのかはわからないが、知りえる限りの情報をぶつけてみる。

「私を脅そうというのか？」

豪胆なことだ……と、碧眼が細められた。端整な口許が愉快気に歪む。

その瞳を見据えて、覚悟を口にする。

「……どうして僕を殺さないんですか？」

さすがのワルターも、この問いかけは予想外だったようで、真意を問うように見つめ返してくる。

心の奥底まで覗きこまれそうな眼光だと思った。

「僕、ワルターさんがマフィアだって知っちゃいました。きっとデュリオさんもジュリアーノさんもそうなんですよね？　もしかして、ここで働く皆も？」

ワルターの醸す迫力に呑まれまいと、懸命に言葉を紡ぐ。

「だったら、口を封じたほうが早いんじゃありませんか？」

いまさら日本に逃がすより、始末してしまったほうが早いのではないか。そのほうが安全ではないかと問い詰める。

ワルターは眉間に皺を刻んで、「死にたいのか？」と吐き捨てた。信じがたいといった顔で、凪斗を見つめる。

春からは教師になるのだと言っていたではないか。本当は大学に残って考古学の研究をつづけたいのではないか？　と、その碧眼が尋ねていた。

ワルターはやさしいのだと、凪斗は確信する。やさしいから、自分に不利になっても、凪斗を逃がしてくれようとしている。だからこそ、ワルターの邪魔にはなりたくない。

凪斗が内に抱えた寂しさに気づかせてくれた。家族の温かさを思い出させてくれた。そこまでしておきながら、突き放そうする。やさしくて、残酷だ。

「いくつか条件を呑んでいただけるなら――」

そうしたら、殺してくれていいと、凪斗はまっすぐにワルターを見返した。

「……条件だと？」

碧眼が怪訝そうに眇められる。

「何があったのか全部話してもらえること、あなたが直接手を下してくださること、遺骨を日本に埋葬してもらえること」

凪斗は極力感情を殺して、淡々とした口調で一本一本指を折りながら言った。

この条件を呑んでもらえるのなら、ワルターの都合のいいように、自分という存在を消してくれてかまわない。そうしたら自分も、日本に帰ったあと、いまごろユーリィはどうしているだろうかとか、ワルターに婚姻話が持ち上がって新しい母親ができたりしないのだろうかとか、あれこれ気を揉《も》まなくていい。

「帰りを待つ家族がいるわけじゃないし……両親のもとへ、ちょっと早目に行くことになるだけです」

自分は一番面倒のない人間だろうと笑って返す。

ワルターは、その発言を咎めるかのように口を引き結んだものの、苦言を口にすることはなかった。

かわりに、「友人は？」と尋ねてくる。

「いますけど……」

高校時代からの友人とか、大学のゼミの仲間とか、考古学を専攻する学生のフォーラムとか、友人は決して少なくないけれど、かといって心底自分のことを心配してくれる人がどれほどいるだろうかと考えれば、さほどの人数でもないことに気づかされる。

だから、かまわない。

「恋人は？」

少しの躊躇いをみせて、今度はそんなことを訊かれた。

首を横に振った。そんな存在がいたら、もっと必死に命請いしてるかも……と苦笑する。

でも、好きな人ならいる。シチリアで出会ってしまった。すべてを忘れて日本へ帰れなんて、酷いことを言う男だ。

凪斗の覚悟が伝わったのか、ワルターはひとつ息をついて、窓際のチェアに腰を下ろす。そして、凪斗から視線を外すように、窓の外を見やった。

「私を快く思わない対立組織が放ったスパイが、イルマに接触した。私にとっても対立組織にとっても誤算だったのは、若いふたりが本当に愛し合ってしまったことだ」

発端は二年ほど遡《さかのぼ》る……と、ワルターは話しはじめた。

話してほしいと訴えはしたものの、本当に話してもらえると思っていなかった凪斗は、驚きと内容の衝撃に目を見開く。

「そんな……」

貴族の家柄の当主であるワルターがなぜ、闇組織に属しているのかはわからない。だが、当時からここら一帯を治める組織の幹部に名を連ねていたのだという。

スパイを放った対立組織は、イタリア本土に拠点を置く組織で、昔から海を挟んで対立してきた経緯があるのだと簡単な説明をされた。ワルター自身が目ざわりなのはもちろん、長く対立関係にある組織に打撃を与えようとしての謀略だったらしい。

「男はイルマにすべてを告白した。私のまえに跪《ひざまず》いて、殺してくれと懇願した。あのときに、殺していればよかったのかもしれない」

そうしていれば、せめて妹は生きていたかもしれない……と、ワルターの碧眼に悔恨が浮かぶ。スパイをさせられた男への報復が、妹を巻きこむことはなかっただろうというのだ。

「もしくは、一緒に逃がしてやればよかった」

ワルターは、ふたり一緒ではなく、スパイの男だけを組織から逃がそうとした。妹には、ベルカストロ家に留まることを要求した。そのときには、妹の懐妊が判明していた。生まれてくる子は、伯爵家の血を引いている。逃亡者の子にはさせられない。

だが結果的に、その判断が悲劇を招いた。

しばらくはワルターの庇護のもと、若夫婦として暮らせたものの、対立組織は見逃してくれなかったのだ。

男は組織に拘束され、裏切り者として処刑された。

イルマは、恋人の仇を討とうとして返り討ちにあった。

「転んでもただでは起きない、気丈な娘だった」

子どものころから気が強かったと、ワルターが口許に自嘲を滲ませる。

なぜ止められなかったのかという強い後悔がうかがえた。

「傷を負いながらも、イルマは敵対組織と政治家の癒着を暴く証拠のデータを持ち出した。その逃亡途中で、殺された。生まれたばかりの幼い息子を遺して、私の腕のなかで息絶えた」

凪斗は思わず掌で口を塞いでいた。悲鳴を迸《ほとばし》らせてしまいそうだったからだ。そんな酷い……と口中で言葉を転がしたところで、なんの慰めにもならない。

「やつらが探しているのは、イルマが持ち出したデータだ」

組織の存続すら危うくするほどの危険なシロモノ。それだけではなく、組織が資金供給している政治家を表舞台から抹殺するに充分な内容のはずだという。

「そこまでわかって……？」

「やつらがしていることはわかっている」

だが、詳細な数字までとなると、なかなか入手が難しい。

そのデータが、いまだに見つからないのだと聞いて、今回の襲撃に至るまでの経緯が凪斗にも理解できた。

ワルターも見つけられていないが、血眼になって探しているのを見るに敵対組織もいまだ発見に至っていないのは明白なようだと説明が補足される。

凪斗がユーリィを助けたのは、館に入り込んだスパイが、取り引き材料にすべくユーリィを連れ出したときのことだった。

逃亡の邪魔になるユーリィをひとまず隠して逃げたスパイを確保して、置き去りにされたユーリィを探していた。凪斗がユーリィを見つけたのは、そんなタイミングだったのだ。

「もしかして、僕のこともスパイだと……」

あのときの剣呑な空気を思い出して首を竦める。

「疑ったのは一瞬のことだ。すぐに善良なツーリストが巻き込まれたと知れた」

凪斗の様子に、ワルターの口許がわずかながら綻んだ。

「何も知らないまま日本へ帰すほうが懸命だと判断したのは私だ」

当然、デュリオもジュリアーノも同意だった。即座にそのための準備がなされた。対立組織を叩き潰すための準備は、実のところとうに出来ていて、あとは仕上げの段階だった。

凪斗ひとりを始末するくらい、造作もないことだ。だがそれでも、旅行客が行方不明になればいずれ日本政府が騒ぎはじめる。

一番面倒がないのは、凪斗が何も気づかないまま日本に帰ること。そして、二度とシチリアにこないこと。

「データなどなくても、報復は可能だ」

その準備は整っている。凪斗がシチリアを発《た》ったら、実行する予定だったと聞かされた。凪斗の安全確保を最優先に考えてくれていたのだ。

そんな話を聞かされたら、たまらなかった。

ぽたぽたと、大粒の涙の雫が零れ落ちる。

「ユーリィが懐いてくれて、嬉しかった」

赤ん坊の世話などはじめてだったけれど、ユーリィはいい子で、全然手がかからなくて、ただただ楽しいばかりだった。

「館の皆がやさしくしてくれて、嬉しくて毎日楽しくて……日本に帰りたくないって思うようになって……でも……。もっと早くに帰ってたら、ご迷惑かけずにすんだんですね」

皆の温かさに甘えていた。

両親を亡くしてからずっと忘れていた……忘れたつもりでいた、家族の温かさがここにはあったから。

「僕、イルマさんの身代わりだったんですか？」

ずっと訊きたくて、でも訊けないでいたことを、ようやく口にすることができた。この疑問をぶつけたら多少は気持ちが軽くなるだろうと思っていたのに、実際は切ないばかりだ。

ワルターは碧眼に驚きをたたえて凪斗を見ている。その顔を見ていたら、ますます哀しくなった。

「すみません。図々しいこと言って。でも……」

少しでも身代わりになれていたのなら、まだよかった。誰も失った存在のかわりになどなれないとわかっているからつらいのだ。

身代わりにすら、なれなかった。

それでもせめて、想いだけは伝えておきたい。この地で果てるのなら、なおのこと。

椅子に長い足を組んで座るワルターの傍ら立って、碧眼を見下ろす。

上体を屈めて、口づけた。軽く触れるだけのキスだ。すぐ間近に、ワルターの碧眼が驚きに見開かれている。少しだけ、胸が空く気がした。

「約束です。あなたの手で殺してくださいね」

ほかの誰にも任せないでと念押しする。

両親と同じお墓に入れてもらえると嬉しい。寺の名前などは携帯端末の住所録に入ってるから調べてもらえるように言い添えた。

ワルターの胸元をジャケットの上から探る。脇に硬い凶器が隠されていた。布地の上から触るだけでも、凪斗にとっては充分すぎる恐怖だった。

それを恐る恐る抜きとろうと手を伸ばして、止められる。

それなら……と、ワルターの大きな手をとって、首に導いた。凪斗の首くらい、ワルターなら造作もないだろう。

白い首に触れた手が、凪斗の肌の感触をたしかめるように首筋を伝い、鎖骨をなぞる。ぞくり……

と、肌が粟立《あわだ》った。

もっと触れられたい。命尽きる瞬間まで、ワルターに触れられる恍惚のなかにいられたら、きっと怖くない。

ぐいっと腕を引かれて、膝にのせられた。

「……っ!? ワルター!?」

間近に見据える碧眼。澄んだ美しい青の中心に、自分が映されている。

後頭部を引き寄せられ、下から掬い取るように唇を合わされた。いきなり深く咬《か》み合うキスに、凪斗は目いっぱい瞳を見開く。

「……んんっ!」

本能的に逃げを打つ身体を片腕に容易く制され、口腔内を貪《むさぼ》られた。こんなキスは、生まれてはじめてだ。

脳髄《のうずい》が痺《しび》れて、思考がまわらなくなる。

舌が痺れるほどに嬲《なぶ》られて、ようやく解放された。

「……っ」

荒い呼吸に喘ぐ胸に這わされる大きな手。

「妹に、こんなことはしない」

耳朶に落とされる揶揄。

「……っ」

見開いた視線の先に見たものに、凪斗は身体を硬直させた。

「不用意に男を煽《あお》った責任は、とってもらおうか」

ワルターの碧眼が、これまで見たことのない色と鋭さをたたえてそこにあった。

元貴族の血筋の優雅さをたたえたいつものワルターではない。その背に闇を背負い、愛する者のためにはその手を血に染めることすらいとわない、戦う者の纏う迫力。

獲物を前にした野生の猛獣が牙《きば》を砥《と》ぐかに鋭く、そして荒々しい。その気に気圧《けお》されて、凪斗は四肢を震わせた。早い話が、腰が抜けて立てなくなったのだ。

逞しい肩に縋って痩身を支える。

そんな凪斗を、ワルターは容易く抱き上げた。

どこへ運ばれるのかと思いきや、ワルターの足が向いた先は寝室。

滞在中凪斗が使っていたゲストルームの天蓋つきのベッドに放られて、痩身が跳ねる。体勢を整えるより早く、上から押さえ込まれた。

肉食猛獣の一撃で身動きままならなくなった草食動物の気分を味わう。

この先にどんなに酷い仕打ちが待っていても、甘んじて受け入れるつもりだった。どんなふうに殺されても、ワルターの手にかかるなら本望だ。

けれど、ワルターの思惑は違っていた。

「死ぬほどの辱めを与えてやろう」

そう言って、凪斗の着衣の襟元に手をかける。まるで悲鳴のような布地が裂ける音をともなって、一気に下に引き下ろされた。

「……っ!?」

白い肌が露わになる。

ワルターがネクタイのノットに指を指しこんで、乱暴にそれをゆるめ、引き抜く。シルクのネクタイで、両腕を括《くく》られた。

「ワル…ター……？」

なにを？　と、わかりきった問いを口中で転がす。

膝に手をかけられ、白い太腿を割られる。

ワルターが取り出したのは、銃ではなくナイフだった。鈍く光る刃《やいば》はしかし、凪斗のやわらかな皮膚を裂くことには使われなかった。かわりに、細い腰を包むジーンズの丈夫な布地を容易く裂いた。

さらには、恥ずかしい場所を隠す薄い布地の下に刃が差し込まれる。

「ひ……ぁっ」

下着が見る間にボロ布と化した。

括られた両腕にシャツの残骸《ざんがい》をまとわりつかせただけの淫《みだ》らな恰好に剝かれ、白い肢体はベッドに投げ出される。

ナイフはベッドサイドのローテーブルの上に放られる。

ジャケットを脱ぎ捨てたワルターは、ベストとワイシャツの上に身に着けていた拳銃のホルスターを外した。凪斗の視界の端に映る場所にそれを投げ捨てる。ナイフともども、凪斗に恐怖を与えるためだと知れた。

ワイシャツの襟元を寛げたワルターが、ベッドの上で震える痩身に手を伸ばしてくる。

悲鳴を上げる場面だ。

だというのに凪斗は唇を引き結んだ。

かわりに腕を伸ばして、広い背にひしっとしがみつく。

ワルターの碧眼が間近に見開かれるのを確認して、凪斗はゆっくりと瞼を閉じた。


ぼやける視界のなか、大きな姿見に、白い太腿を赤子のように開かれ、大きな手に嬲られる自分の姿が映されている。

「ひ……っ、あ……ぁっ、痛……っ」

浅ましく勃《た》ち上がった欲望を乱暴にしごかれ、先端からしとどに蜜を零している。

前から滴った蜜に濡れそぼつ後孔《こうこう》は長い指に穿《うが》たれて、痛みとも恍惚ともつかない感覚を生みだしていた。

内部を乱暴にかきまわされて、悲鳴が迸る。細腰が跳ね、内壁がうねった。

「あぁ……んんっ！　い……や、ぁあっ！」

濡れた嬌声が迸る。

「なにが嫌だ？　嘘をつくな」

はじめてとは思えないほどに内部をうねらせて、穿つ指を奥へと誘い込み、締めつけているくせにと揶揄される。

「ちが……っ、あぁ…んっ！」

ワルターに触れられていると思うだけでもうダメだった。荒々しい口づけにも蕩《とろ》かされて、ワルターの手が肌を暴きはじめたときには、凪斗の肉体はすでに浅ましい反応を見せていた。

自分の手しか知らない欲望は、ワルターの大きな手に握られただけで果ててしまい、たっぷりの蜜を吐き出した。

勢いよく胸まで散ったそれを舐め取るように胸を舐られて、細い背が跳ねた。それまで存在を意識すらしたことのなかった胸の突起はぷくりと起《た》ってジクジクとした痛みと快感を訴えはじめ、そこをいじられるだけで、凪斗はまたも達してしまったのだ。

赤子のような恰好でワルターの胸に背をあずけて両足を大きく開かれ、その姿を鏡に映された。恥ずかしい姿を見るように命じられて、泣きながら己の浅ましさを直視した。

「ん……あ…んっ」

狭間を探られ、ヒクつく後孔に指を差し込まれて、甘ったるい声があふれた。

「男を知っているのか？」と耳朶に問いを落とされて、泣きながら「知らない」「はじめて」だと訴えた。

なにもかもワルターがはじめてなのに、他の誰かにこうされたことがあるのかと疑われるのはつらかった。

「はじめて？　そのわりにやわらかいな」

なんという厭らしさだと言葉でも凪斗を辱めながら、ワルターの長い指が後孔を穿ち、掻き混ぜ、感じる場所を探しあてる。

その場所を刺激されて、我慢できず、凪斗がワルターに見られながら、またも吐精した。欲望に触れられることなく、後孔に指を含まされた淫らな恰好で、細い腰をビクビクと跳ねさせた。

痩身はぐったりとワルターの胸に沈み、腫《は》れて赤くなった唇からは濡れきった喘ぎ。

背後からおおいかぶさるように、唇を塞がれた。荒々しく貪られて、さらに息も絶え絶えに喘ぐ。

ワルターの手に嬲られて、吐き出したものでドロドロになった凪斗自身は、燻《くす》ぶる熱を持て余していた。

「あ……ぁっ、ん……っ」

気持ちいい……と、掠《かす》れた声で喘ぐ。すると、素直に感じる反応を咎めるかのように胸の突起を抓《つね》られて、「ひ……っ」と悲鳴を上げた。

「や……痛……っ」

涙目で訴えると、ますます酷く嬲られる。

「い……やっ、ひ……っ！」

弄《もてあそ》ばれる欲望の先端にも爪を立てられ、透明な蜜があふれた。

痛いのに、気持ちいい。そんなふうに感じてしまう自分が恥ずかしくて涙があふれる。

凪斗の泣き顔を、ワルターが目を細めて満足げに見やる。長い指を口腔に差し込まれて、懸命に舌を絡めた。

「んん……っ、ふ…っ」

喉の奥を刺激されてえづくものの、それすらもやがて快感になる。

上からも下からも指が引き抜かれて、不服の声を上げるより早く、痩身はベッドに俯《うつぶ》せにされた。

腰だけ高く上げた恰好を強いられる。

太腿を開かれ、双丘を割られて、蕩けた後孔が露わになる。

「や……ぁっ、ひ……ぁっ！」

一際高い声を上げてしまったのは、蕩けきった入り口を舐られたため。熱い舌先を差し込まれて、凪斗はそれだけでまたも達してしまった。

「本当のことを言え。誰に仕込まれた」

こんなに厭らしい身体が、男を知らないはずがないと、後孔を乱暴に指で掻き混ぜられながら責められる。

「違……っ、ホント…に、なに……も……っ、あぁあっ！」

高い声を上げて、凪斗の痩身が痙攣する。けれど、半ば勃ちあがった状態のまま、凪斗自身は達していない。後孔だけで絶頂に至ってしまったのだと、当人は気づけないまま、経験のない種類の快楽に翻弄《ほんろう》された。

「や……ぁっ、ワル…ター……、おねが……助け、て……っ」

懸命に訴える。

自分の身体はおかしくなってしまったのだと思った。

身体の奥深い場所で欲望だけが大きくなって、全身を支配する。ワルターになにをされても、どこに触れられても、気持ち好くて気持ち好くて、おかしくなる。

「ぼく……へん……」

うわごとのように訴える。

ワルターは愉快気に口許を歪めて、「仕込み甲斐がある」と嗤った。

腰骨を摑まれ、双丘を割られる。

狭間に擦《こす》りつけられる熱くて硬くて大きなものがなんなのか、気づいたときには、それは一気に凪斗の後孔を貫いていた。

「……っ！　ひ……ぃっ、や――……っ！」

上体がシーツに崩れ落ちる。それでも摑まれ、背後に引き寄せられた腰は高く掲げられたまま、荒々しい抽挿に揺さぶられた。

「あぁ……んっ！　い……ぁっ、も……っと……っ」

もっと乱暴にもっと激しく……と、無意識に腰を揺すってねだる。果てない欲望に手を伸ばしていじるものの、やはりそこは力を失ったまま。なのに後孔では強い快楽を得て、凪斗は乱れた。

「は……ぁっ！　――……っ！」

ビクビクと腰が跳ねる。声にならない嬌声が白い喉を震わせる。最奥《さいおう》を抉《えぐ》る欲望が、熱い飛沫《しぶき》を叩きつける。

最奥を汚される恍惚が脳髄を焼いて、凪斗はほとんど意識を飛ばした。痙攣を繰り返す痩身を、力強い腕が抱きしめてくれる。

「凪斗……」

耳朶を擽る甘い声。

過敏になった肌を撫でる大きな手の感触と、髪の生え際をなぞるキス。

「ん……ワルター……」

朦朧《もうろう》とした意識下で、頼れる胸に頰をすり寄せた。腰を抱き寄せられ、対面に抱かれる。目の前には綺麗な青い瞳があって、凪斗は微笑んだ。

だが、甘やかしてもらえると思ったのも束の間、今度は下から穿たれる。

「あぁ……んんっ！」

大きな手に腰骨を摑まれ、揺すられた。だがそれも最初だけで、あとは下から突き上げられるのみ。どうして？　と涙に濡れた瞳で訴えると、好きに動けと無情にも突き放された。

「や……んっ、い……ぃっ」

感じるままに腰をまわした。ワルターの怒張が感じ易い場所を突いて、たまらない快感が背を突き抜ける。

ワルターの唇が、凪斗の首筋に胸に、悪戯をしかけて、快感を倍増させた。もっといじって……と甘えるように、大きな手を胸に導く。長い指に突起を捏《こ》ねられて、凪斗は猫のように喉を鳴らした。

「気持ち……い……っ」

また叱《しか》られるかと思ったものの、感嘆の声をこらえられなかった。けれど今度は、喉をきつく吸われただけで、痛いことはされなかった。かわりに、体勢を入れ変えられ、シーツに背中から倒れこんだ。

「ひ……んっ」

甘ったるい嗚悲。

括られた両手首が切なくて、訴える視線を上げる。ワルターの手がのばされて、衣擦れの音とともに拘束が解かれた。

ワルターの腕が凪斗の太腿を抱える。

正面から抱き合う恰好で、ようやく凪斗は満足のいくまで広い背を抱きしめることがかなった。

「ワルター……好き……大好き……っ」

譫言《うわごと》のように、何度も何度も繰り返した。

それに返される言葉はなかった。

けれど、ワルターの腕は力強く凪斗を抱きしめ、一晩中抱いてくれた。凪斗が意識を飛ばしても放さず、白い肌の余すところなく愛撫を落とし、何度も何度も突き上げた。

声が涸《か》れるまで抱き合って、凪斗は途中で意識を飛ばした。

最後に、青い瞳の中心に、自分が映されているのを見た。甘ったるく口づけられて、逞しい首に縋った。

それでも、返される言葉はなかった。

大きな手が凪斗の頸椎《けいつい》を砕くこともなかった。

このまま息絶えてしまえたら幸せのなかで死ねるのに……と願ったのに、かなえられなかった。

このときはじめて、心からワルターを酷い男だと思った。

5

最後に一目だけでもユーリィに会いたかったのに、会わせてもらえなかった。

凪斗《なぎと》のまえに立ち塞がったのはデュリオで、ワルターの姿すらなかった。ジュリアーノがとりなしてくれたものの、デュリオの鉄壁の壁のまえになすすべもなく、頼りのジュリアーノも「まぁまぁ」と言うだけでデュリオを説得してくれるわけでもない。

それでも、このふたりのあんなシーンを目撃しなければ、自分の本当の気持ちに気づくことはなかったと思えば、腹立たしい一方で感謝の気持ちもあった。

「どうしてもダメですか？」

「諦めてください」

知らない間に荷物は纏められていて、空港まで有無を言わさず連れられた。

昨夜、ワルターに少々乱暴にされたせいで身体中が痛かったものの、それ以上に胸のほうが苦しかった。

自分は全部知ってしまったのに、日本に帰していいのだろうか。

昨夜、ワルターに抱かれながら、これで傍にいられるのではないかと、実のところ考えていた。何もかも知った自分を解き放つより、愛人でも性奴でもなんでもいい、傍に置いたほうが安全だと考えてくれるのではないかと期待した。そうでなければ、殺せばいい。

なのに、一夜明けたらベッドの隣にワルターの姿はなく、迎えに現れたのはデュリオで、空港へ送ると言われてしまった。

だったらどうして抱いたのか。あんなことしたって、口止めはできない。凪斗はそもそも誰に何を喋る気もないけれど、でもワルターの意図が見えなかった。

「ユーリィ、朝ごはん、食べましたか？　あと、昨日のことで執事さんとか、皆さんがお叱りを受けることがなければいいんですけど……」

心配で尋ねると、実にわかりやすく長嘆を落とされた。

「いいかげんにしてください」

「……え？」

デュリオの見せる冷淡な一面だった。

「さっさと日本に帰らないと、本当に死にますよ」

せっかくワルターが解き放ってくれるというのに、いったい何が不服なのかと睨まれる。もとが綺麗だから、やけに迫力があった。

そして、ただ帰れと言っても納得できないのだろうから、と少しだけ会話に応じてくれる。

「私がなぜ医師免許をもっているかわかりますか？」

「……え？」

ワルターから、敏腕秘書はホームドクターでもあると聞いた記憶がある。だが、医学博士でありながらＭＢＡの資格も持つ、優秀なデュリオがワルターに惚れこむ理由を凪斗は訊いていない。執事も女中頭も何も語らなかった。

訊いてみたいと思ったけれど、場の空気がそれを許さなかった。

「ボスの置かれた状況が、それだけ危険だということです」

デュリオは淡々と言うけれど、それは常に銃器を身につけていなければ外を歩けないほどの危険という意味だろうか。

「そんな……」

凪斗が目を見開くと、デュリオはようやく少し気遣わし気に眉根を寄せて、そして「帰ったほうがいい」と呟いた。

「生きて日本に帰れるだけでも、ありがたいと思ってください」

「……っ」

凪斗には、もはやこれ以上返す言葉がなかった。

じゃあワルターは？　この先どうなるのか？　デュリオとジュリアーノの未来は？　ふたりはずっと寄りそって生きて行けるのか？

「ユーリィさまを助けていただいたことには感謝を申し上げておきます。帰国後に、相応の対価はお届けいたします」

「……っ、……いりません」

意地になって返すと、デュリオは「先立つものは必要ですよ」と口調をゆるめる。「私もジュリアーノもボスのおかげで学校を卒業することができましたから」と言われて、ふたりがワルターに心酔する理由の一端が見えた。たしか女中頭も、それに近いことを話していたと思いだす。

だが、金銭だけの繋がりではない。もっと深いところで三人は繋がっている。それが羨ましくてならない。自分には、絶対に入り込めない絆がたしかにある。

「もらえるものはもらっておくものです」

「いりません。送金されても受け取りませんから！」

こちらも意地をはるよりほかなくて、凪斗は語調を強めた。

「あなたも大概頑固ですね」

「……っ、すみません、お気持ちだけいただきます」

呆れたように言われて、少し申し訳ない気持ちに駆られた。でも、お金を受け取ってしまったら、昨夜のことまで金銭に換算されてしまう気がして、どうしても受け入れられなかった。

ワルターに抱かれて嬉しかった。昨夜の思い出だけで、この先ひとりでも生きていける。突き放された寂しさも、ワルターの迷惑になるよりはマシだ。

「お世話になりました」

頭を下げて、伝言をお願いした。

「僕はもう一生、誰ともキスしません。そうワルターに伝えてください」

ありがとうございました！　と頭を下げて、逃げるように踵を返す。

チェックインカウンターに並ぶ必要はない。ワルターの手配でＶＩＰ専用の搭乗口からファーストクラスへの搭乗になる。フライト時間までは、ラウンジで時間を潰せばいい。

しばし凪斗を見送っていたデュリオだったが、途中で背を向けた。ようやく面倒な役目から解放されて、彼本来の仕事に集中できるのだろう。

ラウンジの、無駄にクッションのきいたソファに腰を下ろして、天上を見上げる。

身体中が痛い。

でもこの痛みがなければ、すべてが夢だったと思ってしまいそうで怖い。

ソファに腰が沈んで、腰のあたりに窮屈感を覚えた。

履き慣れたデニムなのに……と考えて、ポケットに何か入っているためだと気づく。ハンカチを入れっぱなしにしてしまったのだろうかと探って、指に触れたものを取り出し、凪斗はゆるり……と目を見開いた。

「これ……」

ブラッドオレンジの果汁がかすかに香る。

「ユーリィの……」

ユーリィのベビーエプロンだった。ブラッドオレンジを食べたときに汚してしまったのを、出かけるまえにつけかえて、あとで手洗いしてやろうと、ついうっかりポケットに突っこんだままにしてしまったものだ。

あのあとのごたごたで、すっかり忘れていた。

イルマの手刺繍が施された愛情のこもったベビーエプロン。本来ならユーリィに返すべきだろうけれど、思い出に貰《もら》っておこうかと考えた。

最後にひと目、会わせてももらえなかった。

ほんの短い時間一緒にすごしただけだけれど、凪斗にとってはずっと憧れていた弟のようであり、この先持つことはかなわないだろう我が子のようであり……ユーリィに向けた愛情は、本物だったと胸を張って言える。

だから……。

「ごめんね。これ一枚だけ、もらうね」

オレンジの果汁が染みになっていないといいのだけれど……。

「洗っておこうかな」

ＶＩＰ用のラウンジだから、シャワールームもある。完全に落とせなくなってしまうまえに綺麗にしておきたい。

旅行のときには、シャンプーを洗濯石鹸《せっけん》がわりに使うと皮脂汚れがよく落ちる、というのは旅行に慣れた人間なら誰もが知っている雑学だ。

さすがはVIP専用ラウンジ、洗濯石鹸がわりに使うには申し訳ないようなブランドロゴの入ったアメニティのなかからシャンプーを探しだして、ブラッドオレンジの染みの上に垂らす。生地を傷つけないようにやさしく手洗いをしながら、ユーリィとの思い出に耽った。

だが、しっかりと洗ったベビーエプロンを搾ろうとしてそれに気づく。布の端に硬い部分があるのだ。

「そういえば……」

刺繍の台紙か何かが残ったままになっていたんだっけ？　と、よく確認しようと硬い部分に指を這わせる。だが、どうやら刺繍の台紙ではないようだった。もっと硬いし、厚みがある。

「なんだろ、これ」

縁取りのテープが重なっただけでもなさそうだし、何かの汚れが硬くなったものでもない。

光に透かして、それが見慣れたサイズのものであることに気づいた。

——チップ……？　ミニディスク……？

首を傾げて、そして目を瞠《みは》る。

——……っ！　これ……っ!?

布の上から、大きさと形を確認する。

「これ、ワルターが探してた……？」

データではないのか？　イルマが敵対組織から持ち出した、亡き夫の仇を討つための最終兵器。

「ごめんね、ユーリィ、あとでなおすから」

ひと言断って、剃刀《かみそり》の刃で布の端に穴を開ける。縁取りのテープの奥から出てきたのは、ビニールに包まれた、小さなディスクだった。だが、小さくても、相当な容量のデータを収めることができるものだ。

ワルターがベビーエプロンに触れることははとんどないだろう。デュリオやジュリアーノもだ。ユーリィを着がえさせるときに触れたとしても、その程度では、気づかないに違いない。洗濯をする使用人にはなんのことかわからない。だから、これまで発見に至らなかったのだ。

「ワルターに届けなくちゃ！」

誰かに託すことはできない。その途中で敵対組織の手に渡ったりしたら、イルマがなんのために命をかけたのか、わからなくなってしまう。

小さなデータを元あった場所に戻し、ベビーエプロンを小さく畳んでディスクを保護した。もとあったとおり、ポケットに押し込む。下手に隠しても、妙だと思われるだけのこと。訊かれたときに、思い出の品だと答えられた方が自然だと考えた。

何食わぬ顔を装って、ＶＩＰ専用ラウンジを出た。

「搭乗時間までには戻ります」と受付の女性に微笑んで、外に出たところでダッシュした。

短いメールを書いて送り、さらに携帯端末の海外ローミング設定をONにして、ベルカストロ家のナンバーをコールする。

誰に聞かれているかわからないから通話はできない。でもすぐに切れたナンバーが凪斗からのものだとわかれば、ワルターが気づいてくれるかもしれない。

建物の外に出て、ハイヤーに飛び乗った。タクシーよりも安全だろうと思ったのだ。

「ベルカストロ伯爵家までお願いします」

お庭が有名なんですってね、などと、運転手を誤魔化すための適当な演技までしたのに、凪斗は大きな失敗をやらかした。

まさか、こんな場所で待ち構えているなんて、思ってもみなかった。

結論から言うと、ハイヤーの運転手が、敵対組織に買収されていたのだ。

スプレーのようなものを噴きかけられて意識を失った。次に気づいたら、廃墟《はいきょ》のような場所で、薄汚れた床に転がされていた。

凪斗が出国するまで目を離さないでいたのは、敵対組織のなかにも頭のきれる人間がいる証拠かもしれない。

慌てて空港を出ようとするのを見れば、なにかあった——データを見つけたに違いないと考えるのが普通だ。

プロの手にかかれば、凪斗を拉致《らち》するなど造作もないことだ。眠っている間に身体検査をされたに違いない。だが肝心のデータを見つけられなかったのだろう、目を覚ました途端に張り手が飛んできた。

「……っ！」

薄汚れた床に倒れこんだ。

「データを見つけたんだろう？　どこにある!?」

絶対に言うものかと口を噤んだ。携帯端末は壊されていた。脱がされた靴や靴下、ジャケットなどと一緒に、ユーリィのベビーエプロンが無造作に放り出されているのを見て、慌てて全部一緒に掻き寄せる。

靴下をはこうとして手が震えてままならず、靴まで一緒に全部抱えたように装った。

「な、なんのことですかっ、僕はなにも……っ、日本に帰してくださいっ」

涙声で訴える。

だが、その程度で絆《ほだ》されてくれる相手ではない。

日本のヤクザやチンピラとも纏う空気が違う。犯罪者集団というだけではない。囲む男たちおのおのが、己の手を血に染めているだろうことがうかがえる目をしていた。

怯むな、諦めるな、きっとワルターが助けてくれる。

そう言い聞かせて、細い腕で己を抱きしめた。

その額に、ひたり……とあてがわれる硬くて冷たいもの。

「……っ！」

目を開けたら、映画やドラマなどのフィクションでしか、見たことのない光景が眼前にあった。

銃口が、つきつけられている。

このままは、額に狙いを定められていた。だが今度は、ひたり……とあてがわれている。トリガーを引かれたら一巻の終わりだ。

「日本に帰りたいなら、素直に喋ることだ。俺たちも国際問題はご免こうむりたいんでね。日本人だと思うから穏便に訊いているんだぜ？」

これがイタリア人相手だったら、殴る蹴《け》るの暴行を加えた上、それでも喋らなければ指を折るなり目を潰すなり、尋常ではない手段に出ていると口で脅された。

震え上がって、それでも凪斗は屈しなかった。ふるふると首を横に振るのみ。口は開かないと決めた。

――ワルター……っ。

自分のことなど、もうどうでもいいのだろうか。だから助けに来てくれないのだろうか。やっぱりデータが見つかったと、ちゃんと報告すればよかったのかもしれない。

もう一度、会いたかった。

キスしてほしいとか抱きしめてほしいなんて、言わない。ただ顔を見られるだけでよかったのに。

それももうかなわなくなりそうだ。

どうせ殺されるなら、ワルターの手にかかりたかった。だから、彼の手で殺してほしいと言ったのに。もし助かったら、ワルターのところに押しかけて行って、思いっきり文句を言ってやる！　ワルターが殺しておいてくれないからこんな目に遭ったし、コンクリートの薄汚れた床に転がされて身体が痛いのは、決して殴られたからだけではない、昨夜のワルターがキチクだったからだ。凪斗はなにもかもはじめてだったのに、あんなこともこんなことも強いて、好き勝手して、その責任もとってもらわなくちゃおさまらない。

人間、切羽詰まると気が大きくなるのかもしれない。

そんなことを考えながら、凪斗は引き金が引かれる瞬間を待った。

胸中で散々文句を言いながらも、最終的にいきつく場所は、最後にひと目会いたかった、という健《けな》気《げ》な感情で、自分で自分がおかしくなった。

こんなに好きなのに……いつの間にこんな好きになっていたんだろう。

まだ数えられる程度の日数しかともにすごしていない。

同性で貴族の家柄の当主かと思ったらマフィアなんて裏の顔も持っていて、紳士だと思っていたのにベッドのなかではキチクで、ほかにもまだまだ知らないこともきっといっぱいあるのに、空港に見送りにも来てくれない人でなしなのに、それでも愛しているのだ。

「僕は、ファミリーの一員だ。僕を殺したら、本格的な抗争になる。それでもいいのか！」

最後の最後に、口をついて出たハッタリだった。

「バカな……！　貴様、日本人だろうが！　そんなわけ――」

「私は考え方が柔軟でね。古い慣習にとらわれるのは、愚か者のすることだと考えている」

玲瓏《れいろう》とした声が、廃墟に響いた。

「……っ！　誰だ……！」

凪斗を囲んでいた男たちが叫んだと同時に銃声が数発。

「うがぁ……っ！」

凪斗の額に押しつけられていた銃口ごと、目のまえの男が吹き飛んでいた。

――……っ!?

チンピラ風の男たちがバタバタと倒れ、ワルター配下の黒服の男たちの手によって廃墟から引きずり出されていく。

チンピラ風の男たちがこのあとどうなるのか、凪斗には想像もつかないし、知ってはいけないことなのだろう。

呆然とへたり込んでいたら、コンクリートの床を踏む靴音が徐々に近づいて、傍らで止まる。硝煙《しょうえん》の匂いのする拳銃を、脇のホルスターに納める音。あの銃声が、誰が放ったものか、もはやハッキリしている。それでももう、怖くはなかった。

上質なスーツの紳士が跪いて、殴られた凪斗の頬にそっと指を這わせてくる。

「殴られたのか？」

怒りを孕んだ低い声。

「ワルター……」

艶めく碧眼、漆黒の髪。黒のスリーピーススーツが、表向きの貴族でありビジネスマンでもある彼とは、違う顔を見せている。

「なぜ飛行機に乗らなかった。こんな無茶を……」

痛ましげに碧眼が細められる。

こんなときまでひたすら美しい瞳を、凪斗は呆然と見上げた。そして唐突に、ハタと気づく。靴やら靴下やらの下から、小さく折りたたんだエプロンを拾い上げた。

「これ！　見つけたんです！　イルマさんが残したデータです！　ユーリィのエプロンに……！」

必死に胸元に縋る凪斗の背を支えて、ワルターが目を瞠る。「わかった」「落ちつけ」と宥められ、凪斗が護《まも》ったデータは、デュリオの手に託された。

「これでチェックメイト、ですね」

ジュリアーノが、ワルターの指示を首を長くして待っているはずだと、デュリオが呆れた眼差《まなざ》しを凪斗に向ける。

「よく気づきましたね」

そして、「我々も、凪斗さんに報いる必要がありそうです」と微笑んだ。どういうわけか、ワルターが苦虫をかみ潰したような顔をしている。

「今、この瞬間から、私は凪斗さんの味方です。なんなりとお申しつけください」

それだけ言って踵を返した。

「車へ、お早く」

その言葉に長嘆をひとつ落として、ワルターが凪斗を抱き上げる。

「ワルター？」

自分はどこへ連れて行かれるのだろう。このまままた空港に逆戻りだろうか。

そんな不安に駆られて、碧眼をじっと見据える。ワルターが観念したように言った。

「ひとまず、観光ビザの期限いっぱいまで、私の傍にいてもらおうか」

それ以降のことは、おいおい考える、とぶっきらぼうに吐き捨てる。

とりあえず風呂だな……と、全身薄汚れてしまった凪斗を見て、口許に笑みを浮かべた。

「ワルター……っ！」

感極まって、ぎゅっとしがみつく。

いまになってようやく震えがきて、恐怖を覚えた。

「あんな啖呵《たんか》を、よくきったものだ」

自分はファミリーの一員だと言った。あれで敵が怯んだのは明白だった。全面抗争になったときに
勝ち目がないことはわかっていたのだろう。

「だって……あんなやつらに屈したくないって思ったから……っ」

迷惑かけてごめんなさいと詫びる、ワルターは「凪斗が無事でよかった」と額にキスをひとつ、落としてくれた。

「肝が冷えた」

こんな想いはもうこりごりだと言う。

「僕、日本に帰ったほうがいいですか？」

邪魔にはなりたくないと言うと、ワルターは心底疲れた様子でため息をつく。「その話はあとだ」と言う彼の声が拗ねたようにも聞こえて、車のドアを開けて待つデュリオに助けを求めると、彼は凪斗がはじめて見る表情で、クスクスと笑うだけだった。

車は、空港ではなく、ベルカストロの館に向かった。

執事や女中頭、彼女の腕に抱かれたユーリィ、その足元の猫たちにも出迎えられ、安堵とともにようやく泣けた。ユーリィを抱きしめ、ワルターの腕のなかでひとしきり泣いて、でもユーリィがぐずるまえに、ワルターは凪斗を例の温泉のある離宮に連れ込んでしまう。

頰の傷を冷やして治療を施し、そのあとで着ていたものを強引に剝ぎとられた。

昨夜、散々ワルターに好き勝手された白い肌には、濃い情痕が散っている。大きな姿見に映った自身の身体を目にして、凪斗は青くなったあと、今度は全身を真っ赤に染め上げた。

「う……わっ、こんな……っ」

だが、この程度で目を白黒させている場合ではなかった。

凪斗を一糸まとわぬ姿にむいて満足したワルターが、ブラックスーツを乱暴に脱ぎ捨てたのだ。

「……っ」

逞しい裸体が露わになって、凪斗は息を呑む。

最初にこの風呂を使わせてもらったときに、気安く「一緒に」なんて誘いをかけてしまったけれど、あのときに一緒に入っていたら、もっと早くに自分の気持ちに気づけていたかもしれない。自分はワルターを異性を見るような目で意識しているのだと。

裸の胸に引き寄せられて、凪斗は硬直する。

その耳元に、甘さと意地悪さを孕んだ囁きが落とされた。

「身体は大丈夫か？」

昨夜は無茶させてしまったと、いまさら詫びられても困る。

真っ赤になった凪斗は、涙目でワルターを睨み上げた。碧眼が愛しげに細められて、そしてまた身体が浮く。

「わ……っ」

ワルターの腕に抱かれて、湯に沈んだ。

広い胸に身体をあずけたら、ようやくホッと息をつくことがかなった。

そうしたら、また泣けてきて、それが恥ずかしくて情けなくて、凪斗は唇を噛む。

「怖い思いをさせてしまったな」

二度とあんな目には遭わせないと、ワルターが紳士に詫びてくれる。

「私の全身全霊をかけて凪斗を守る。だから、泣かなくていい」

「は…い」

それは、傍にいていいということか。

ねだる視線を上げると、額にキスがひとつ。それから、唇を甘く啄《ついば》まれる。それだけで息が乱れて、深く咬み合わされたときには、凪斗は湯のなかですっかり逆上せそうになっていた。

凪斗の疲れをとり、強張りを解いてくれようとする大きな手が肌を撫でて、はじめは心地好いばかりだったのが、すぐに違う熱を孕みはじめる。

太腿を撫でられて、腰が跳ねた。胸の突起を擽られて、甘ったるい声が零れる。

「や……無理……っ」

昨日の今日で、これ以上抱き合ったりしたら、本当に起きられなくなる。あちこちまだ痛いし、あらぬ場所にはジクジクとした鈍痛も……。

「ワルター……、……んんっ」

甘ったるい口づけが、肩を押しのけようと伸ばした手から抵抗を奪う。

「酷いことはしない。今日は凪斗の気持ちいいことだけをしてやる」

そう言って、半ば兆した欲望に長い指を絡められ、ゆるくしごかれた。荒々しいのと違って、襲う快感がゆったりで、気持ちいいけれどもどかしい。

「ワルター……、や…だ……っ」

刺激が物足りないと、訴えを汲《く》み取ってくれたはいいが、奥へ伸ばされた指が、まだ疼《うず》く内壁をやさしく擦り上げるだけで悲鳴が迸る。

「あ……ぁっ」

湯のなかで、白濁を吐き出してしまった。

喘ぐ唇をキスで塞がれ、舌を強く吸われたら、また腰の奥が疼いた。

昨夜がはじめてだったのに、自分が酷く淫らになってしまったように思えて、はずかしくて怖くてならない。

「ワルターのせいだ……」

拗ねた声で訴えると、満足げな含み笑いとともに、またも口づけ。

「光栄だ」

愉快そうに言われて、ムッと口を尖《とが》らせる。そこをまた啄まれて、凪斗はもういいかと諦めた。


その夜、ベッドのなかで、ワルターは凪斗を腕に抱いて、古い話をしてくれた。

資産を食い潰すしか脳のない貴族と、そんな男に嫁いだ運のない令嬢を中心に、物語は進んだ。

代々つづいた家を潰すまいと、夫人は資金提供と引き換えに、ひとりの成りあがり者の男に、一夜限り身を任せた。

その結果、事業は再興され、代々つづく家柄は守られたが、どうにも消しがたい不貞の証が残された。

亜麻色の髪に緑眼の夫と、誰もがうらやむ金髪碧眼の婦人との間に生まれた息子は、黒い髪をしていたのだ。瞳は美しい青だった。妻にそっくりだと、当主は息子を溺愛《できあい》した。黒髪など先祖を辿れば出て来ても不思議はないと考えていたのだろう。

だが、息子を溺愛する夫の姿が、妻を苦しめた。碧眼は自分譲りかもしれない。けれど黒い髪は、この家の家系に現れるものではない。

妻に取り引きを持ちかけた成りあがり者は、漆黒の髪の持ち主だった。

何も知らぬままに早くに逝った夫は幸せだった。残された妻は、我が子の青い瞳と黒い髪に苦しめられつづけた。苦しんで苦しんで、そして病に倒れた。

母の抱えた苦しみが、息子の内に葛藤《かっとう》を呼ぶ。妹も亜麻色の髪。自分ひとりが漆黒の髪をしている。どう考えてもおかしいと、聡明な少年が気づくのに時間は要さなかった。

隠しつづけるほうが幸せな真実もある。

だが、少年はそうできなかった。

母を苦しめつづけた漆黒の髪の成りあがり者には、裏の顔があった。闇を統べることで、莫大《ばくだい》な資金を得ていた。血に汚れた金で、由緒正しき伯爵家が救われた。あってはならないことだった。

「少年は、どうしたんですか？」

「母を苦しめつづけた男に会いにいった」

物語として語られるワルターの過去を、凪斗は広い胸に頬をあずける恰好で聞いた。

「どうでした？」

実の父親との対面はどうだったかと尋ねると、ワルターは思いがけない返答を寄こした。

「その場で、入会の儀式を受けた」

血に染まって生きることを、少年の日に決めた。父と名乗りを上げることのかなわない男のまえで、一番苦しむだろう選択をした。

凪斗が「どうして？」と尋ねると、ワルターは「どうしてだろうな」と自嘲する。

「懐深くに入り込んで、この手で殺してやろうと思ったのかもしれない。あるいは、子どもが抱く単なる慕情だったのかもしれない」

闇に染まりながら、一方で母が自らを犠牲にしても守ろうとした貴族の家柄の繁栄もなさなければならなかった。そうして今日まで生きてきた。

由緒正しき貴族の家柄の当主などではない。

自分は不貞の証であり、この島に巣食う闇に染まって生きる者であり、そうした嘘と危険の象徴でもある。

「いまならまだ、日本に帰してやれるぞ」

重くなった瞼を瞬き、睡魔に囚われつつある凪斗に、ワルターはそんな意地悪いことを言った。

「や……です……」

眠い目を擦って、嫌だと訴える。

「ぼく、帰…ら、な……」

髪を梳いてくれる指の感触が心地好くて、もう瞼が重くてたまらない。

ワルターにどんな過去があろうとも、どんな一面を持っていようとも、自分はずっと傍にいる。ユーリィの成長を、ワルターと一緒に見守りたい。

この太陽とオリーブとレモンの島で、大好きな遺跡を好きなだけ巡りながら、大好きな人とともに生きるのだ。

「明日……ごはん……」

市場で買い物をして、ワルターとデュリオとジュリアーノと、館のみんなに和食を振る舞う。その計画をまだ実現できていない。

夢現《ゆめうつつ》に訴える凪斗の想いに、感動していたのはワルターの連れ帰った凪斗を半泣きで出迎えていた女中頭と執事ばかりではない。

「時間はある。急ぐ必要はない」

その言葉に安堵して、ようやく凪斗は睡魔に身を任せることができた。

epilogue

観光ビザの期限いっぱいまでシチリアで蜜月をすごし、いったん日本に戻った凪斗《なぎと》は、大学を卒業すると、教員採用試験を受けるのではなく、就労ビザを取得してシチリアに戻った。

凪斗がまず最初にしたのは、ユーリィを抱いて、結局途中までしかできなかった遺跡巡りのつづきをすることだった。

ユーリィには、この島の辿った歴史を正しく知ってもらいたい。その上で、凪斗が教えられることはなんでも教えたいと思う。

ユーリィとふたりのときもあれば、ワルターと三人で巡ることもあった。

それが予定のルートを終えると、今度はベルカストロ家の事業を知るために、農園と果樹園を見てまわり、領地の隅から隅までを歩いてみた。

そうしている間に、凪斗は館で働く人たちはもちろん、農園や果樹園や牧場で働く人たちにも受け入れられ、可愛がってもらえるようになった。

猫たちにも懐かれ、牧場の羊とヤギの名前も覚えた。

将来の展望は、シチリアの歴史博物館に学芸員として勤めること。だがそのためには、もっともっと知らなくてはならないことがたくさんある。もう少し語学を勉強したら、シチリアの大学の入学試験を受けるつもりだ。

凪斗の提案で、ディナーはソルターと凪斗とユーリィと、それからデュリオとジュリアーノも一緒にとるようになった。週に何度かは、凪斗が和食を振る舞う。

そうして、凪斗がシチリアでの生活に慣れたころ、立ち寄ったカフェで、凪斗はひとりの男性と知り合った。

ダンディと称して差し支えない中年の紳士は、凪斗の亡父よりはいくらか年上だろうか、漆黒の髪と澄んだ碧眼の持ち主だった。

——……っ!?

膝に抱いたユーリィと、まるきり同じ色味だった。ユーリィが不思議そうな顔で向かいに腰を下ろした紳士を見ている。

ワルターの碧眼は、母親譲りだと思っていたけれど、そうではないと気づいた。

「百里《ゆり》凪斗といいます」

凪斗は突然現れた紳士にあいさつをした。なんの目的があって姿を現したのかはわからないが、ずっと会ってみたいと思っていた人物に間違いなかった。

「ドン・カルヴァーノと呼ばれている」

この島の闇社会を統べるドン、その人だ。ドンと呼ばれるのは、ボスのなかのボスのみ。目のまえの紳士がどれほどの力を持つかが知れる。

ユーリィを抱き上げて、「ごあいさつしようか」と微笑む。喃語を卒業したユーリィは、紳士の碧眼をうかがいみて、「ぱぁぱ」と笑った。ワルターの瞳と同じだと言いたいらしい。

「ユーリィの目もおんなじ青だよ」

「まぁま」

「だからー、僕はママじゃないってば。凪斗だよ、な・ぎ・と」

「なーなー」

ユーリィは全身を揺らして喜びを表現する。

「あの、お時間があればもう少し――、……あれ？」

ユーリィにかまけている間に、紳士の姿が消えていた。

「え？　あれ？　signore?　どこへ……」

自分の顔を見に来たのだろうか。イタリア貴族ベルカストロ伯爵の伴侶としてではなく、《カルヴァーノ・ファミリー》の若き幹部、ワルター・クリスティアン・ベルカストロの伴侶としての凪斗を、見極めにきたのかもしれない。

凪斗には、もうひとつ、望みがあった。

闇の一員になること。ワルターと同じ世界に生きること。

ユーリィのためにも、それはダメだと言われている。けれど凪斗の決意はかたい。今は許されなくても、ユーリィが成人してからでもいい。いつかかならず……と思っている。


この日、デュリオをともなって出かけていたワルターが帰宅したのは、ずいぶんと遅い時間になってからのことだった。

ユーリィを寝かしつけたあと、凪斗は考古学の本を読み耽っていた。その一方で、思考の片隅で今日会ったドンのことを考えていた。

あの人こそが、ワルターの実の父親なのだ。凪斗は、本音を言えばお父《とう》さんと呼びたかった。けれど、そんな話をワルターにはできない。自分の知らないところで凪斗がドンと会ったなどと知ったら静かに激昂《げっこう》しそうだ。

ワルターは、ドンとして父親を尊敬してはいるものの、父としては複雑な感情を抱いている。いまだに父子は和解していないと、教えてくれたのは弁護士のジュリアーノだった。

「おかえりなさい」

「ただいま。ユーリィはもう寝たか」

「はい。顔を見て来てください」

いつものやりとりと、出迎えの口づけ。

赤い満月の光を浴びながら抱き合うのも、もう何度目か。

ひとしきりユーリィの寝顔を堪能したあと、ワルターはかならず凪斗を求めてくる。ふたりで湯を使ってじゃれ合いながらベッドに移動して、求められるままに身体を拓く。そんな日々。

だがこの夜、たっぷりと抱き合ったあと、ワルターが何か考えに耽っていることに、凪斗は気づいた。どうしたのだろう？　何か気がかりでもあるのだろうか。

あのあと、デュリオとジュリアーノの働きで、敵対組織は大打撃を受け、繋がっていた政治家の贈収賄事件発覚と逮捕もあり、消滅した。少数に分かれたグループがチンピラのような活動をつづけてはいるものの、もはや組織力は皆無だとデュリオから聞いている。

だから、懸念材料などないはずなのに……それとも事業のほうだろうか。そうなると凪斗にはお手上げだ。なんの助けにもならない。

「ワルター？　どうかした？」

「……いや」

そう言いながらも、凪斗の目をじっと見つめて押し黙る。

組織の問題でも事業の懸念でもないとしたら、あとはユーリィのことか凪斗にかかわることか……。イタリアに同性婚制度はない。やはり問題があるのだろうか。自分の存在がなにかワルターの足枷になっているのだろうか。不安を覚えながらも訊けなくて凪斗も押し黙るよりほかなかった。

その理由が知れたのは、次の新月の夜だった。

話があるとワルターに呼び出され、ユーリィを連れて離宮に向かった。ここの地下にはファミリーが集う特別な空間があって、凪斗でもワルターの許可なくしては入れない。今宵《こよい》は何かの集いがあるのだろうか。

すると、デュリオがユーリィを引き取って、「おめかししましょう」と微笑む。怪訝に首を傾げる凪斗を、ワルターがボールルーム併設のパウダールームに誘った。

そこで目にしたものを受けとめかねて、凪斗は思考をフリーズさせた。

「これ……」

純白のドレスに引きずるほどに長いベール、その隣には漆黒の燕尾《えんび》服。

だが少し奇妙なのは、ドレスに花を添えるブーケも、燕尾服の胸元を飾るブートニアもないことだ。

ということは、ウェディングドレスではない？

けれど、純白のベールはどう見ても……。

そのベールをとって、ワルターは凪斗の頭にそっとのせた。

――……え？

大きな瞳を瞬いて、真意を問うように碧眼を見上げる。

「ドンの許可が下りた」

「……え？」

「今宵、儀式がおこなわれる」

「……」

「血の契りを結ぶための儀式だ」

凪斗はゆるゆると目を見開いた。つまりは、マフィアの一員となるための入会の儀式が執り行われる、と……？

「ワルター……？」

反対していたのでは？　と尋ねる。ワルターはひとつため息をついて、「凪斗が存外と頑固なことは知っているからな」と返してきた。

では、あの日の出会いは……？　凪斗の資質を見極めるために、ドンは姿を現したのだろうか。

「いい…の？」

本当に？　と確認する。

「それはこちらのセリフだ」

入会は生をもって脱会は死をもってのみ、とされるのがマフィアの血の結束だ。沈黙の掟《オメルタ》にしばられ、闇を背負って生きることになる。それでもいいのかとワルターの碧眼が眇められた。

彼自身は、少年の日に、実の父に近づきたいがために儀式を受けた。二重生活を強いられることは覚悟の上だったが、少年の覚悟に甘さがなかったかと訊かれれば頷かざるを得ない部分も多いのだろう。だから、凪斗の入会を渋っていた。

しかし、ファミリーの一員にならなければ、明かされない秘密も多い。ワルターと暮らすようになって、凪斗はその壁にぶち当たった。知りたくても訊けない。教えたくても教えられない。互いのジレンマがストレスにもなりかねない。

それをなくすためにも、自分が入会するよりほかないと考えた。社会的にワルターのパートナーとして認められなくても、ファミリーの仲間に認められれば、この世界では充分に通用する。何があってもワルターの傍で生きていける。

ちゃんと考えて考えて、出した結論だった。

「ワルターのすべてを、受け入れたいんです」

だから、迷いはない。

「ならば、行こう」

明るい陽の下での祝福ではない。暗闇のなかで交わす誓約だ。

陽光の下で見れば、シンプルなデザインながら質の高さが際立つだろう上品なデザインのドレスにそっと指を滑らせて、少しだけ困惑を露わにした。

「これ……」

「抵抗があるのならベールだけでいい」

そんなふうに譲歩されてしまったら、着ないわけにいかなくなった。

流れるようなマーメイドラインのロングドレスにボレロを合わせただけだが、生地全体に施された刺繍の美しさと生地の光沢だけで、充分に美しい。レースの刺繍がオリエンタルな雰囲気だ。

いくつもの肩書を背負うワルターには、表向きに認められたパートナーが必要な場面もある。そういうときのために、根本が嘘であっても既成事実をつくってしまおうということのようだ。

「やっぱり思ったとおり、とてもお綺麗ですよ」

娘を自慢するかのように女中頭が言う。

デュリオと女中頭のふたりがかりで、特別美しく飾りたてられた。はじめは羞恥が勝っていたものの、化粧で素顔がわからなくなったあたりから、凪斗も開き直った。

それ以上に、ワルターの精悍《せいかん》さと華やかさに見惚れてしまって、頬が熱くてたまらなかった。

地下に降りると、燭台の灯りに照らされた薄暗い空間の中央に、見覚えのある紳士の姿があった。ドンだ。

周囲を囲むのは新たなメンバーを迎え入れるファミリー。

そこにデュリオもジュリアーノも、そして執事も女中頭の姿もあるのを見て、凪斗は目を瞠った。今日からは、皆家族だ。

聖人画を燃やし、血を滴らせ、生きては抜りられぬ誓約を交わす。

「我、近いに背けしときには、この命をもって――」

誓いの言葉は、かたちばかりのものではない。真実、命を賭《と》してのものとなる。沈黙《オメルタ》の掟と呼ばれる、マフィア独特に戒律に縛られて生きることになる。

それでもいい。ワルターとふたりなら、どんなことにも耐えられる。

儀式の最後に、ドンがふたりのまえに立った。

「新たな家族を歓迎する。我が右腕の伴侶として、この先ワルターを支えてほしい」

ドンのお墨つきだった。

ワルターも予想外の言葉だったのだろう、碧眼を見開いてドンを――父を凝視している。

「私は過去に、愛し方を間違え、誰よりも大切な人の人生を不幸にしてしまった。だからどうか、間違うことのないように」

おまえは間違えるな……と、それはドンではなく父の言葉。経緯がどうあれ、ドンはワルターの母を本気で愛していたのだ。短い言葉のなかから、凪斗は汲み取った。

ワルターは「かならず」と短く返したあとで、「幸か不幸かは、当人しかわからないことです」と言葉を足す。母は、決して不幸ではなかったと、言いたかったのだろう。ドンは頷くでもなく、ただ瞳を伏せただけだった。

儀式を終えて、ファミリーの面々は闇のなかに散っていく。

暗月の闇のなか、ふたりはふたりだけの誓いの口づけを交わした。

「愛している」

「ワルター……」

もう何度も告げられた愛の言葉だけれど、燭台の光に照らされた闇のなかで聞くそれは特別だった。

「何があっても私が守る。だから、闇を恐れることはない」

「……はい」

闇は温かいと、ドンに出会って知った。ワルターの亡母も、夫を裏切るつもりはなかったろうが、ドンに惹かれる気持ちがたしかにあったに違いないと、凪斗は想像する。

嬉しくて嬉しくて、涙がとまらなかった。

もっともっと口づけて、抱き合いたくてたまらなくなる。

ドレスを引きずって歩きにくそうにする凪斗を、ワルターが抱き上げる。そして小さく笑って言った。

「明るい陽の下で、美しい凪斗を見たいものだ」

「粗が見えるような気がしますけど……」

闇夜だからいいのでは？　と首を傾げると、ワルターは「そんなことはない」と大真面目に返してきた。そして、「デュリオに企画させよう」などと聞きずてならないことを言いだす。

「企画？」

「ウェディングパーティーだ」

平然と言われて、凪斗は長い睫毛に縁取られた大きな目を見開く。

「……!?　この恰好で!?」

「嫌か？」

「だから、粗が……っ」

明るい陽射しの下に出たりしたら、もはや冗談にしかならないと訴える。――が、ワルターは聞こえないふり。完全に面白がっている。

「いいかげん身を固めろと、煩い連中も多い」

ワルターは伯爵家の当主だ。当主がいつまでもひとり身では恰好がつかないと、大きなお世話を言う者も多い。ユーリィが大きくなるまでは……なんていいわけが通じる連中ではない。むしろその逆で、ユーリィには母親が必要だと主張される。

ちょうどいい機会だ……と言われて、凪斗は「ずるい……」と口を尖らせた。そんなふうに言われたら、嫌だと言えなくなる。

「絶対にバレないようにお願いしてくださいね」

ベールでしっかりと顔を隠して、誰かわからないようにしてもらわないと。

「わかったわかった」

軽くいなすワルターの碧眼に悪戯な少年のような色が滲んでいることに、凪斗は気づけていなかった。

「もっとメイク濃くして、それから……」

必死に訴える凪斗を愉快気に観察していたワルターは、「たしかに美しいが……」と眉間に皺を寄せる。

「濃すぎるメイクも考えものだ」などと呟いて、ベッドルームに連れこむなり、白手袋の指先で真っ赤な口紅を拭った。

「凪斗の唇は、そのままが一番甘い」

「……バカっ」

興にのったワルターに、ベッドの上、ドレスを乱される。

「初夜をやりなおすとしよう」などと、らしくない揶揄《やゆ》を落とされて、凪斗は真っ赤になってドレスに埋もれた。

ユーリィ・エミリアーノ・ベルカストロ（五歳）の悩み

夕方、凪斗《なぎと》が学芸員勤務から帰ると、庭で猫たちと遊んでいたユーリィがてててっと駆けてきて出迎えた。

「なぎと！　おかえりなさい！」

「ただいまユーリィ、いい子にしてた？」

「うん！」

ユーリィは今年五歳になった。赤子のころのように簡単にとはいかないが、甘えてくる手に応《こた》えて抱き上げると、唇でちゅっと可愛《かわい》らしい音がする。おかえりのキスだ。

また重くなった気がする。子どもの成長は嬉《うれ》しいけれど、赤子のころのようにずっと抱っこしていることがかなわなくなったのは少し寂しくもあった。

その足下にすり寄ってくる猫たち。意外と寿命の長い猫たちは、凪斗がシチリアにやってきて以降、さほどかわらない顔ぶれではあるものの、何匹かは代替わりしている。それでも子守のノウハウが受け継がれているのだから、不思議なものだ。

「みんなありがとう」

凪斗がねぎらいの言葉をかけると、「なぁう」と鳴いて応えるものもいれば、尻尾《しっぽ》をひとふりとクールな反応のものもいる。猫は気ままで、けれど存外情深い。

「お絵描きしてたの？」

「うん。なぎととワルターとぼく」

芝生の上に置かれたスケッチブックを取り上げると、三人の家族が描かれていた。

ユーリィは幼いながら、ワルターが本当の父親でないことを理解しているし、もちろん凪斗が母親などではないこともわかっているけれど、本当の親のように懐いてくれている。

言葉を喋りはじめたころ、凪斗のことをママと呼んだり、ワルターのことをパパと呼んだりもしたけれど、ワルターが決して幼児あつかいせず、自分たちが本当の親ではないこと、でも本当の親と変わらぬ愛情をもってユーリィを育てていることを話して聞かせた。ユーリィは、幼いなりに、それを理解したのだ。

「上手だね」

「デュリオとジュリアーノもかいたよ」

スケッチブックをめくると、澄ました顔のデュリオとなんともいえず特徴をつかんだジュリアーノが並んだ絵が現れた。思わずクスリと笑ってしまう。

「上手！　似てるね」

凪斗が笑うと、ユーリィも嬉しそうに笑った。誰に似たのか、ユーリィには芸術的なセンスがあるようで、お絵かきはもちろんピアノも上手だ。

音楽の感性を育《はぐく》むには幼少時から習わせたほうがいいと聞いて、二歳から家庭教師をつけたのだけれど、ワルターの眼鏡にかなった優秀な音楽教師が将来を有望視するのを聞いて、凪斗も誇らしい気持ちになった。

ワルターも、事業など誰かに任せてしまえばいいのだから、将来はユーリィの進みたい道に進ませればいいと言っている。

冷静さを装い突き放す態度をとっていながら実はユーリィに一番甘いのはワルターだし、クールに構えていながらなにげにデュリオも甘い。ジュリアーノはそんなふたりのつっこみ役で、一番冷静なのは、実は自分ではないかと凪斗は思っている。

執事や館《やかた》の皆は、そんな保護者たちを微笑《ほほえ》ましく見守ってくれていて、ユーリィは皆に愛されて、すくすくと成長していた。

そして凪斗も、シチリアの大学で考古学を学びなおしたあと、ワルターの紹介もあって、学芸員として働けることになった。

イタリア語はほとんどネイティブに話せるようになったし、生活は充実している。それもこれもすべてワルターのおかげだ。

両親と祖父母の墓参りのために、日本に帰国できるのは年に一度程度しかないけれど、ワルターの裏の顔を考えれば、それでもいたしかたない。彼の伴侶《はんりょ》としてシチリアに骨を埋める覚悟を決めたときから、凪斗はそれに付随するどんな状況も受け入れようと決めていた。

とはいえ、ワルターが裏の顔をのぞかせることはほとんどないし、デュリオやジュリアーノもしかり。彼ら優秀なブレーンが事業を円滑に動かして、ワルターの支配力が揺るぎないために、凪斗の目で見る限り、日常はとても平穏だ。

裏ではさまざまな事態が起きているのかもしれないけれど、ワルターがそれを口にしない限り、凪斗からは訊《き》かないことにしている。ワルターがそれを望まないとわかっているからだ。

そのかわりに、ときどきドン・カルヴァーノを訪ねて、お茶をする。なかなか直接出向くことのかなわないワルターのかわりにドンの話し相手をするのだ。

口には出せなくても、ドンはワルターの実父であり、凪斗の義父とも言える。ユーリィを連れて訪ねると、ドンとユーリィの間には血の繋《つな》がりはないのだけれど、まるで孫を見るかのように喜んでくれる。

ドンは常に物静かな紳士で、そうした感情が口に出されることはないけれど、でも凪斗にはわかる。けれどドンが一番喜ぶのは、ワルターの話だ。凪斗が話すなにげない日常の出来事を、目を細めて聞いてくれる。そこには、表向き名乗りをあげられない父親の苦悩と同時に深い愛情が見えて、凪斗はいつも幸せな気持ちにさせられるのだ。

危険な世界と隣り合わせではあるものの、時代の流れなのか、ドンの支配力ゆえか、ワルターのたちまわりのうまさの賜《たまもの》か、凪斗のシチリアでの暮らしは、ひとかけらの文句もなく幸せだった。

ワルターの束縛が多少激しいこととか、学業と子育てに時間をとられてほとんど自分の時間がもてないこととか、不満を挙げはじめたらキリがないのだろうけれど、それは幸せだからこその贅沢《ぜいたく》な不満であって、いわゆる不満のうちに入らないことを、凪斗は理解していた。

その日、午後のお茶のあと、庭の木陰でユーリィを膝《ひざ》に絵本を読んでいたら、ワルターが帰ってきた。

つかずはなれず凪斗とユーリィを見守っている猫たちが、顔を上げたり耳をぴくりとさせたり、主《あるじ》の気配に反応を見せて、凪斗も顔を向ける。

「おかえりなさい」

腰を上げようとすると、そのままでいいと制するようにワルターが片手を挙げる。そして、凪斗の傍らに片膝をついた。

「ただいま」

まずは凪斗にキスを、それからユーリィにも。

主にあいさつをするかのようにすり寄ってくる猫たちの頭を撫《な》でてあやし、凪斗がそんなワルターの横顔を見上げていると、もう一度、今度は唇にキス。

ユーリィはもちろんデュリオやジュリアーノや館の者の目があっても、ワルターは気にせず凪斗に愛情を表現する。

はじめは恥ずかしくてならなかった凪斗も、五年の間に慣らされて、最近では自分からもっととねだることもある。そうするとワルターが喜ぶと学習したためだ。

「……んっ」

甘ったるいリップ音をたてて唇が離れる。ワルターの大きな手が凪斗のやわらかな髪を梳《す》いて、その心地好《よ》さに瞼《まぶた》を伏せる。

「学芸員の仕事はどうだ？」

「まだ慣れませんけど、でも皆さんがよくしてくださるので、なんとか務まっています」

日本の大学で考古学を専攻していたものの、もっと知識を高めたいと思ってシチリアの大学で再度学んだ。卒業後、博物館の学芸員の職を紹介してくれたのはワルターだ。

考古学は好きだけれど、それ以上にワルターの邪魔になるようなことは避けたいと考えていた凪斗は、ワルターの紹介ならと二つ返事で話を受けたのだが、蓋《ふた》を開けてみればシチリア有数の博物館で、歓喜以上に驚きが勝った記憶はまだ新しい。

「優秀だと、館長から報告をもらっている。私も鼻が高い」

「だといいんですけど」

ワルターの顔に泥を塗るようなことがなければいいのだけれど……と心配をのぞかせると、ワルターは大丈夫だというように、凪斗の頬《ほお》を撫でた。

その心地好さにうっとりと目を閉じかかった凪斗の膝にどすんと衝撃。凪斗の膝に抱かれていたユーリィが、自分を主張するかのように身体《からだ》を揺すったのだ。

「ユーリィ？」

どうしたの？　と視線を落とすと、拗《す》ねた顔のユーリィが、凪斗の胸にぎゅっとしがみついてくる。

そして「ごほんよんで」と、読み聞かせの途中だった絵本を差し出してくる。

「ああ、ごめんね。途中だったね」

ぎゅっと抱きしめて、ワルターと同じ色、同じ質の髪を撫でる。

「ごめんなさい。あと少しなので」

そう断ると、ワルターはかまうなというように頷《うなず》いて、ユーリィの小さな頭をくしゃりと混ぜた。

ユーリィは小さな手を頭にやって、乱された髪を不服げに整える。その愛らしさに凪斗がクスリと笑みをこぼすと、なぜかユーリィはますます不機嫌そうに眉間《みけん》に皺《しわ》を寄せる。

そんな表情をすると妙に大人びて見え、本当にワルターによく似ていて、凪斗は微笑ましさに駆られた。

「日一日と、あなたに似てきます」

ワルターとユーリィは、伯父と甥《おい》とはいっても、ユーリィの母親のイルマとワルターとは半分しか血の繋がりはない。ワルターの青い瞳《ひとみ》も黒髪もドン・ガルヴァーノ譲りで、ユーリィにその血が受け継がれるはずはないのだけれど、どういうわけかユーリィは赤子のときからワルターによく似ていて、これはもう遺伝子のいたずらとしか思えない。

「そうだユーリィ、ワルターに絵本読んでもらおうか？」

ワルターは柄ではないと言うのだが、低く甘い声が紡ぐ物語の世界が、凪斗は好きだった。だからユーリィも喜ぶだろうと思ったのだけれど、ユーリィは「や」と首を横に振る。

「なぎとがいい！」

そして、ぎゅむっとしがみついてくる。

凪斗はワルターと顔を見合わせて、そして苦笑した。

「わかったよ。じゃあ、つづきからね」

ようやく納得した顔で、ユーリィがこくりと頷く。そのユーリィの小さな頭を今一度撫でて、ワルターが腰を上げた。

凪斗に目配《めくば》せだけして、背を向ける。

入れ替わりに老執事がワゴンを押してやってきて、凪斗の脇《わき》にお茶とお菓子の乗ったトレーを置いた。

ユーリィのために読み聞かせを中断させることなく、凪斗は目で礼を言う。老執事もよくわかっていて、にっこりと微笑んで背を向けた。

最近のユーリィのお気に入りは、よその世界にあこがれる魚のお話だ。デザイナーの手による芸術的価値も高い挿し絵は大人の目にも美しく、描かれる世界は哲学的でもあるが、ユーリィはこの作家の描き出す世界が好きだった。

「はい、おしまい」

物語を最後まで読み終わって絵本を閉じると、ユーリィがすかさず先頭ページを開く。そして、膝の上から凪斗を見上げた。

「もういっかい」

「また？」

凪斗が目を丸くすると、「もういっかい」と繰り返す。

なんだか最近、こういうワガママを言うことが増えたような……と胸中で首を傾《かし》げながらも、凪斗はユーリィの希望に応じた。

「じゃあ、もう一回ね」

読み終わるころには、ディナーの時間近くになっているだろう。

顎《あご》の下にあるつむじにキスを落とすと、ユーリィがにっこりと笑う。その愛らしさに絆《ほだ》されて、凪斗はもう何度読んだかしれない絵本の一ページ目を開いた。


ディナーはいつも、ワルターとユーリィと三人で食卓につく。デュリオとジュリアーノが居合わせるのは、三度に一度くらいだろうか。食事はやはり、大勢で食べる方が美味《おい》しいものだ。

この日は、デュリオが同席した。ジュリアーノは遅い時間になって海外出張から戻るらしい。

ユーリィのためには、いつも大人とかわらない見た目のミニサイズのディナーが用意される。味付けは子ども向けに塩分量などが調節されているが、基本的には同じものだ。

ワルターは、子どもだからこそ本物を教えるべきだと考えていて、食事でもなんでも、子ども向けの商品を与えるのをいやがる。とくに口にするものは、幼少時から本物を知らなければ舌が育たないといって、日本で言うところのコンビニ菓子のようなものは絶対に与えない。

テーブルに並ぶ料理に使われる材料の大半は領地の産物だし、ティータイムに登場する菓子類はどれも専属パティシエの手による手作りで、もちろん素材も吟味されている。

だからだろうか、ユーリィは幼いながらに本物志向で、不味《まず》いものは絶対に口にしないし、ユーリィが拒絶したものを試しに食べてみると、たしかに美味しくないから驚きだ。

ワルターは基本的にユーリィに甘いが、いずれベルカストロ家の当主となるべき男児としての躾《しつけ》やマナーにはとりわけ厳しい。

だが、同年代の子どもに比べてユーリィが落ち着いていて、食事途中で集中力をなくしたり、ワガママを言い出したりしないのは、ワルターの教育が行き届いているのもあるが、質のいいものを食べて育っているからだろうと、凪斗は最近になって実感していた。

今夜は、伝統的なシチリア料理がテーブルに並んだ。豊富な海産物と手打ちの生パスタ、自家製の肉加工品にハウスワイン、瑞々《みずみず》しいフルーツを使ったデザートの数々。

凪斗のためと、世界的な和食ブームもあって、ときに日本食がテーブルに並ぶこともあるけれど、多くは家庭的なイタリアンだ。

ユーリィには、この地の恵みを知る必要がある。だから凪斗は、いつもユーリィにひとつひとつ話をしながら食事を進める。

「トマトが真っ赤で美味しそうだよ」

「うん」

すぐ隣のベビーチェアに腰掛けてフォークを握るユーリィに、サラダのトマトを指して言う。凪斗がトマトを口に運ぶと、ユーリィは凪斗の真似《まね》をするようにトマトにフォークをさした。

「甘いね」

美味しいねと微笑みかけると、口いっぱいにトマトをほおばったユーリィがこっくりと頷く。それをしっかりと咀嚼《そしゃく》するのを確認してから、今度は新鮮なエビをたっぷりとつかったパスタの皿に話を向ける。

手打ちパスタはユーリィに食べやすい長さに特別にしつらえられ、エビも小ぶりにカットされている。

麺《めん》をフォークにくるくると巻きつける様子をユーリィに見せるようにゆっくりと行う。そうすると、ユーリィは凪斗の真似をしてフォークを使うのだ。

小さな手で子ども用のフォークを器用に使って、生パスタをくるくるとまきつけ、口に運ぶ。そして、「おいしいね」と微笑む。ユーリィのそんな顔を見ていると、凪斗も食事が美味しくてならない。

「そうそう、今日、ユーリィが絵を描いたんです。デュリオさんとジュリアーノさんのもあるので、あとでお見せしますね」

「それは光栄ですね。額装して飾らなくては」

「本当によく似てるんです。とくにジュリアーノさんが」

凪斗がクスクスと笑うと、デュリオが口元を緩める。普段クールな彼だが、内面はとてもやさしく情深い。ワルターに言えない悩み事なども、デュリオが聞いてくれたりする。

「ですが凪斗さん、ユーリィさまばかりかまっていると、あとが怖いですよ」

「……え？」

デュリオの指摘に、凪斗が顔を上げる。思わずワルターを見ると、碧眼《へきがん》とぶつかった。瞬《まばた》く視線の先に、意味深に口角を上げるワルターの端整な面がある。

「そんなこと……」

気恥ずかしげに瞳を伏せると、横から小さな手がのばされて、凪斗のシャツをくいくいと引っ張った。ユーリィだ。

「どうしたの？」

食事の途中だというのに、フォークを置いてしまっている。いつもなら、こんなことはしないのに。

「もういいの？」「おなかいっぱい？」と、心配して尋ねると、ユーリィはふるふると首を横に振った。ではいったいどうしたのだろう。

「ユーリィ？」

腕をのばしてくるユーリィを、しかたなくベビーチェアからおろして膝に抱く。するとワルターが、

「やめなさい」とそれを制した。食事中なのだから、それはマナー違反だというのだ。

「ユーリィ、席について食事をつづけなさい」

ワルターに叱《しか》られて、ユーリィが不服げに頰を膨らませる。そして、ぎゅっと凪斗にしがみつく手に力を込めた。

「ユーリィ」

「や！」

いつもは聞き分けのいいユーリィが、なぜか今日はぐずりつづける。

だがワルターも引かない。「なら、食べなくていい」と言って、給仕係に皿を下げさせようとする。

ベルカストロ家の食卓は、領内の産物で成り立っている。つまりは、領地で生活の糧を得る人々の日々の労働の産物だ。だから、食事には最大の敬意と感謝を払うべきであり、それを自覚してこその当主だというのがワルターの考えで、だからこそ食事のマナーには厳しいのだ。

とはいえ、小さな子どもなのだから、癇癪《かんしゃく》の虫の居所の悪い日だってあるだろう。

「今日だけ、ダメですか？」

ユーリィはまだ小さいのだし、こういう日もあるだろうと凪斗がとりなす。ワルターはひとつため

息をつくだけで応えない。

「明日からは、ちゃんとできるよね？」

ご飯食べようねと、膝の上のユーリィをあやして、自分の皿からパスタソースをまとったエビをフォークに刺し、ユーリィの口元に運んだ。ワルターにちらりと顔を向けて、大人の顔色をうかがうような仕草をみせる。それから凪斗を見上げて、凪斗が頷くとようやく「あーん」と口を開けた。

凪斗の手から、ユーリィは満足げに食事をつづける。

この場はひとまずホッと安堵《あんど》した凪斗だったけれど、しかしこれがいけなかったのだろうか、この日からユーリィは、赤ん坊のころに戻ってしまったかのように、凪斗の膝でしか食事をとらなくなってしまった。


ワルターは放《ほう》っておけと言うのだけれど、凪斗にはそれができなくて困り果てる。

「すみません。僕がおっしゃるとおりにしなかったから……」

ワルターの言うとおり、ちゃんと自分で食べるようにと言い聞かせていれば、こんなことにはならなかったのかもしれない。

「凪斗のせいではない」

「でも……」

あるいは、自分の育て方になにかいけないところがあったのかもしれないと凪斗が不安をにじませると、ワルターが、「あれは子どもの癇癪などではないからな」と、意味不明なことを言った。

「……え？」

凪斗がどういう意味かと問うと、ワルターはひとつ嘆息して、なにやら思案顔。

「あの……」

話をつづけることはかなわなかった。

部屋のドアをノックする音が響いたからだ。だが、ドアノッカーの音ではない。もっと小さく軽い音。

そして、「えいしょ……」とドアが開く。

ドアの隙間《すきま》から、小さな影。その後ろには、ドアを開けるのを助けている老執事の姿。

「なぎとー、おふろー」

ユーリィがとててっと駆けてくる。そして、凪斗の足にぎゅっとしがみついた。

幼いころから凪斗と一緒に入っているためか、ユーリィは日本式の風呂《ふろ》が大好きだ。バスタブのなかで、ボールやアヒルで遊ぶのが……と言ったほうが正しいかもしれないが、ちゃんと肩まで湯に浸《つ》かって数を数えたりもする。風呂は親子のコミュニケーションの場として最適だ。

「じゃあ、ワルターと三人で入ろうか？」

だが、凪斗の提案にユーリィは不服げに頬を膨らませた。

「なぎととふたりがいいの！」

以前は三人で入ったのに……。

凪斗ひとりでユーリィを風呂に入れるのは大変で、ワルターがいる夜は手伝ってもらっていた、という状況ではあったが、ワルターが凪斗のために改修してくれた大浴場でゆったりとした時間を過ごすのが、凪斗は大好きなのだけれど……。

でもユーリィは、凪斗の手をぐいぐいと引いて「おふろ」と主張する。

ワルターが気にしなければいいけれど……と不安に思いながら、表情をうかがう。ワルターは少し不機嫌そうに碧眼を眇めていた。

「えっと……、じゃあ僕はユーリィと一緒にお風呂いただいてきますね」

子どもに拒絶されたら誰だって悲しい。あとでフォローしなくては……と思いながら、ひとまずユーリィの希望を優先させる。

立派な大浴場で、ユーリィの柔らかな髪を洗ってやり、背中を流しっこして、そして湯に浸かる。

ユーリィは凪斗の膝で、アヒルさんと遊んでいる。

「ねぇ、ユーリィ、どうしてワルターと一緒はいやなの？」

凪斗が濡《ぬ》れ髪を撫でながら尋ねると、ユーリィは手にしていたアヒルさんを、ぽんっと放り出してしまった。そして、身体の向きを変えて、凪斗の胸に頬をすり寄せてくる。

「凪斗はぼくのママだもん」

そういって、首にぎゅっとしがみついてくる。キスをねだられて額にそっと唇を押し当てると、不服そうな顔をして、自分から唇にキスをよこした。

「ユーリィ？」

いったいなにをこんなに甘えるのだろう？

寂しい思いをさせたつもりはなかったのだけれど……やはり学芸員として勤務するのは早かっただろうか。でも、家にいない時間は、学生をしていたときとさほどかわらないはずなのだけれど……。

「僕はどこにもいかないよ。ずっとユーリィとワルターと、ここにいるから」

ぎゅっと抱きしめて、小さな頭を撫でる。

「そうだ！　明日はピクニックに行こうか？　お馬さんに乗って、離宮のほうまで」

シチリアで暮らすようになって、凪斗が修得したことのひとつが乗馬だ。

凪斗がユーリィの青い瞳をのぞき込みながら提案すると、曇っていた碧眼がパァ…ッと輝いた。

「うん！」

「お弁当はおむすびとサンドイッチと、オレンジは途中の果樹園でもいで行こうね」

「しゃけのおむすび！」

凪斗の影響で、ユーリィは日本のおむすびが大好物だ。小さく握って海苔《のり》をまいて、さらに日本から取り寄せたキャラ弁グッズを使って顔を描いたりすると、とても喜んでくれる。

はじめて凪斗がキャラ弁を作ったとき、デュリオは「日本人というのは本当に奇妙なことを考えますね」などと、あのクールな表情でしきりと感心していたものだ。

「じゃあ、五十数えて」

はじめは、凪斗自身が言葉を覚える意味もあって一緒に数えていた。やがてユーリィがひとりで数えられるようになっても、これは親子のコミュニケーションのひとつだ。

「いーち、にー、さーん、………」

一緒にゆっくりと五十を数えて、湯からあがる。ほかほかに温まった身体をふかふかのバスタオルでくるんで、やわらかな黒髪を拭《ふ》いてやる。

ワルターと一緒に選んだ可愛らしいパジャマに着替えさせて、濡れ髪に丁寧にドライヤーを当ててやっているうちにコックリコックリしはじめることも多い。

でも今夜は、ユーリィは鏡越しにぱっちりと碧眼を凪斗に向けていて、まだまだ遊びたい顔をしていた。

絵本の読み聞かせをして、寝かしつけるよりなさそうだ。

手を引いて、子ども部屋へ。だがここでも、今日のユーリィはやけに甘えた。抱っこと言ってきかない。あと一、二年が限界だから……と、胸中で自分に言いわけしながら、抱っこに応じてやる。

ユーリィの子ども部屋は、身近なもののサイズだけはユーリィに使いやすいようにできているものの、調度品などはほかの部屋とかわらない。

実は、ワルターが幼少時に使っていた部屋で、代々の嫡子のために設えられた部屋らしい。たくさんの絵本も木製のおもちゃも、どれも選び抜かれた一流品で、ユーリィのためにならないものはひとつとして置かれていない。あまり口に出すことはないが、ワルターがユーリィをいかに愛しているかがよく表れていて、凪斗はこの部屋が好きだった。

「もっとあそぶ！」

「でももうこんな時間だよ。また明日ね」

凪斗がいさめると、ユーリィはシャツの袖《そで》をひっぱってイヤだと主張する。子守猫たちがドアに設置された猫窓から入ってきて、ユーリィのベッドに次々飛び乗った。そして、ユーリィをなだめるかに首をのばして頰をなめる。

「ほら、みんな、もうおやすみの時間だよ、って言ってるよ」

おのおの丸くなって寝る体勢。夏場は若干暑いが、冬はとてもいい湯たんぽだ。猫たちがいてくれるおかげで、凪斗もユーリィを子ども部屋に寝かせることができる。

このあたりは日本と欧米の習慣の違いで、凪斗は当初どうしても目の届く場所にベビーベッドがないことが不安だった。

「ごほんよんで」

もう少しだけ……とユーリィがねだる。

「じゃあ、一回だけね」

一回読んだら寝るんだよ、と約束をする。ユーリィは渋々顔でゆびきりをした。

今夜はおなかを空《す》かせた青虫の話だ。挿し絵の鮮やかな色味が印象的で、凪斗自身も子どものころに読んだ記憶がある。だがイタリア語だと若干印象が違うものだ。

絵本を最後まで読んでも、ユーリィの碧眼はぱっちり。まったく睡魔が訪れない様子。

どうしたものかと思っていたら、凪斗の胸元にユーリィがすり寄ってきた。

「なぎと……」

母の温《ぬく》もりを求める仔猫《こねこ》のように、きゅっとしがみついてくる。こうされると凪斗も弱い。

「今日は甘えんぼさんだね」と笑って、一緒に布団をかぶる。

「ずっとこうしてて」

「ユーリィ？」

「おへやもどっちゃいやだ」

ひとりにしないで……と、凪斗の胸元をガサゴソ。

「……っ!?　ユーリィ？」

くすぐったさに身を捩《よじ》ると、さらにコアラの子のようにぎゅむっとしがみついてくる。

なんだか、ただ甘えているだけではないような……と凪斗の脳裏を疑問が過《よぎ》ったところで、部屋のドアが開いた。

「そこまでだ」

ワルターだった。

「……？　ワルター？」

どうして……？　と問うまえに、凪斗の痩身《そうしん》はユーリィのベッドから引きずり出され、ワルターの腕に抱えられていた。

「昼寝は許すが、夜の凪斗は私のものだ」

猫たちとひとりで寝なさいと言われて、ユーリィの碧眼が不服げに眇められる。

そんな表情は、五歳児ながらも妙に大人びていて……いや、ワルターにそっくりで、凪斗は大きな目を瞬いた。

「え？　ちょ……、待ってくださいっ」

部屋から強引に連れ出され、凪斗はあわてて「ユーリィ、おやすみ！」と室内に声をかける。ドアが閉まる隙間から、ユーリィの怒ったような顔が垣間《かいま》見えた。

自室――ワルターとふたりの部屋だ――に連れられ、ベッドにおろされる。

ワルターの横顔も、ユーリィと変わらず怒っていて、凪斗は肩を竦めた。でも、なにも子ども相手にあんな……という思いもあって、不服と不安を口にする。

「ユーリィ、泣いてるかも……」

あんなふうに引き離さなくても……と訴えると、ワルターはひとつ嘆息して、「そんなタマではない」と呟いた。

「……はい？」

どういう意味かと問う凪斗の疑問に答えるのではなく、あれのDNAは九十九パーセント自分と同じだ……などと、わけのわからないことを言い出す始末。

「あの……？」

「心配しなくていい。明日にはケロッとしている……いや、新たな策略を練ってしかけてくるだろう」

「……ワルター？」

ユーリィが凪斗を見る目、求める心が、幼児が母を求めるそれではないことに、凪斗だけが気づけていない。だから、ワルターの言う意味がわからないのだ。

「今は、私だけ見ていればいい」

そう言って、ワルターの腕が凪斗を抱き寄せる。

「でも……、……んんっ！」

口づけとともにベッドに押し倒されて、凪斗は反射的に広い背を抱き返した。

ワルターのパートナーとして生きることを決めた日から毎夜、ワルターが出張などで留守にする夜以外はかならずこの腕のなかで眠ってきた。

抱き合うほどにもっとという渇望が湧き起こって、どんどん貪欲《どんよく》になる自分を知って、それを恥ずかしいと思ったり、満たされる歓喜に泣いたりもしたけれど、一般に倦怠期《けんたいき》と言われる状況だけはいっこうに訪れない。

なにも知らなかった凪斗にあれこれ教えた張本人は、凪斗が淫《みだ》らになっていく過程を楽しみ、一方で凪斗はワルターを喜ばせることができる自分に安堵と満足を覚えた。

「ユーリィ、まだ小さいんですよ。だから……」

「充分に自我がある。いつまでも赤子ではない」

「そうですけど……、……あ、んっ」

夜着をはだけられ、白い胸に愛撫《あいぶ》が落とされる。今日までにすっかり開発されつくした肉体は敏感で、胸の上ではすでにぷっくりとした尖《とが》りがいじってほしいと存在を主張している。

下を脱がせようとして、ワルターの目にいたずらな光が宿ったのは、凪斗が下着を身につけていなかったからだ。

頬が熱くなる。瞳を伏せると、その上にキスが落とされた。

いつまでたっても初々しさを忘れない凪斗を、ワルターは好ましく思ってくれているようだが、凪斗にしてみれば、いつまでたってもものなれない自分が恥ずかしいばかりだ。

きっと今夜も……と期待があるから下着をつけていなかったのだけれど、それを指摘されるのは恥ずかしい。

デュリオならきっと、もっと妖艶《ようえん》にジュリアーノを誘うに違いない。そんなことを考えると、ついシチリアにきたばかりのころに、ふたりの情事を盗み見てしまったときのことを、今でも鮮明に思い出してしまう。

あのあと、デュリオには話の流れで実は……と詫《わ》びたのだけれど、そのときのデュリオが、いつもクールな彼らしくなく、わずかに頬を染めて気恥ずかしげにしていたのが印象的だった。

「……っ！　あぁ……っ！」

ほかのことを考えていることがばれたのだろう、ワルターが自分を見ろと言うように、少々あらっぽく突き上げてくる。

「あ……ぁっ、は……っ」

やさしく時間をかけて抱かれるのも好きだけれど、少々乱暴なのも凪斗は嫌いではなかった。わけがわからなくなるくらいに翻弄《ほんろう》されて、ワルターの腕のなかで意識を飛ばしたまま眠りにつくのは極上の心地好さだ。

「ワルター……」

最中に切なげに呼ぶと、ワルターはいつも顔中にキスを降らせ、そしてほしい言葉をくれる。

「愛している、凪斗」

自分のすべてが凪斗のものであり、凪斗のすべてが自分のものだと言う。

凪斗は精いっぱい身体を拓《ひら》き、両腕でワルターを抱きしめて、それに応える。

「僕も……」

大好き……と、掠《かす》れる吐息のなかに言葉を返す。

何千回、何万回口にしても満たされない言葉があることを、凪斗はワルターを愛してはじめて知った。

何度「愛している」と告げても足りない。

それほど深く、凪斗は愛しているし、愛されている。


凪斗がワルターに連れ去られたあと、ユーリィはころんっと起きあがって、そしてベッドを降りた。部屋をでると、子守役の猫たちもついてくる。ワルターが子どものころから代替わりしているものの、この屋敷の猫たちは、自ら進んで子守をするらしい。

リビングのドアを「うんしょ……」と開けると、出張から戻ったジュリアーノが、ひとりでアルコールのグラスを傾けていた。

ユーリィのふくれっ面を見て、口元を緩める。そして「ふられたか？」と笑いを含んだ声で尋ねてきた。五歳児を相手にする口調ではない。

ユーリィが不服気な青い瞳をジュリアーノに向ける。ジュリアーノは「睨むなよ」と笑って、ユーリィを手招きした。

膝にくるかと思われたユーリィはしかし、ジュリアーノの隣の椅子《いす》に、「よいしょ」とよじ登って、足を投げ出して座る。ついてきた猫の一匹が椅子に飛び乗って、ユーリィの傍らにクッションのように丸くなった。残りは椅子の足元などに、おのおの陣取る。

「だから言ったろ？　諦めろって」

ジュリアーノがグラスを片手に、クッションにした子守猫の尻尾をいじりつづけるユーリィを諫める。

ワルターと凪斗が寝たあとで、ここでユーリィとジュリアーノが話をするのは、実ははじめてではなかった。

子どもらしく寝たふりで凪斗を安心させたあと、ユーリィはときおりこうして子ども部屋を抜け出す。そういうときに話相手になってくれるのはたいていジュリアーノだ。

「やだもん！」

ユーリィはキッと碧眼をジュリアーノに向けた。

その目は、ワルターの言うとおり、すでに男の目をしている。

「凪斗ママはパパのものなんだ」

しょうがないだろ……とジュリアーノに諫められても、納得できない。

「パパじゃないもん」

ユーリィの語調が弱まった。

パパって呼んだらワルターが怒ると、ユーリィが口を尖らせる。ジュリアーノはやれやれと肩を竦めて、振り返らせたいのは、果たして凪斗なのかワルターなのかと胸中で苦笑した。

「おまえの本当のおやじさんに申し訳ないって思うからだろうな。けどホントは、パパって呼ばれたいんだと思うぞ」

ふくれっ面をしたユーリィが恨めしげな顔をジュリアーノに向ける。

五歳児のくせに妙に頭がまわるところなど、老執事から話に聞くワルターの幼少期にそっくりで、ジュリアーノの興味を誘ってやまない。

あまり茶々入れすると雇い主でありボスでもあるワルターの不興を買いかねないが、なんだかんだ言ってユーリィには甘いから、なんとでも切り抜けようはある。

ようは、凪斗を独り占めしたいユーリィとワルターの攻防なのだ。

だがワルターはユーリィを庇護《ひご》対象として愛しているし、ユーリィはユーリィでワルターを父と慕っているから、より複雑だった。

凪斗に対しては、母に向ける慕情と同時に、ワルターと趣味が似ているのだろう、異性に向けるのに似た独占欲も持っていて、その両方を満たしたいと五歳児ながらに苦悩し、同時にワルター譲りの明晰《めいせき》な頭脳を駆使して策略を巡らせている。

その事実に、凪斗だけが気づいていないのは、ユーリィが凪斗のまえでは幼児の顔しか見せていないためだ。

まったく将来が恐ろしいと、ジュリアーノは胸中で笑う。

だが、ベルカストロ家の跡取りとして、これほどの有望株もいないだろう。

組織のほうを、ワルターが今後どうするのかはわからないが、そちらを引き継がせるにしても、充分すぎる素質がある。

「猫たちが心配そうにしてるぞ」

部屋に戻れと言うと、ユーリィは多少恨めしげにしたものの、コクリと頷いた。ジュリアーノにも夜をともに過ごしたい相手がいることをわかっているのだ。

「もう十年もすれば、おまえにも運命の相手が現れるさ」

「ほんと？」と尋ねたあとで、「でも凪斗がいい」と言う。凪斗がワルターの伴侶であることは理解しながら、それでも自分だけを見てほしい、かといってワルターが嫌いなわけではない……という複雑な感情が透けて見える。

「まぁ、多少の波風もスパイスのうちだ。それまではがんばればいいさ」

凪斗をいかに独占するか、日々ワルターと水面下の攻防を繰り返すのも、ワルターと凪斗の関係にとって悪いことではないだろうとジュリアーノが笑う。

父子としてだろうと、伯父と甥だろうと、ワルターはユーリィをひとりの男として扱うはず。それがワルターの教育方針なのだ。ユーリィにも、それは伝わっている。だからこそユーリィは、凪斗を挟んでワルターと対峙《たいじ》しようとするのだ。五歳児でありながら。

「あしたはピクニックなんだ」

「そうか。だったらなおさら、早く寝ないとな」

「うん」

ユーリィが注意深く椅子を降りると、猫もぴょんっと飛び降りた。

こういうときに、ユーリィに手を貸すのは凪斗だけだ。ワルターもデュリオもジュリアーノも手を貸さない。ユーリィにそれだけの能力があるとわかっているからだ。

だが、いつまでも赤子のまま、自分の腕に抱けるユーリィでいてほしいと心のどこかで思っているのだろう、凪斗はどうしてもユーリィに甘くなる。それもあって、屋敷のなかでは、いつの間にか自然にそういう役割分担になっていた。

「おやすみなさい」

「おやすみ」

猫たちを引き連れてユーリィが部屋を出ていったのと入れ替わりに、仕事を終わらせたデュリオが姿を見せる。

ユーリィの甘い残り香に気づいて、デュリオが眉間に皺《しわ》を寄せた。

「ろくでもない幼児教育を施していないだろうな」

「お言葉だな。男としての生き方をレクチャーしていただけさ」

ジュリアーノのおどけた返答に、デュリオは心底いやそうな顔をする。三人のなかでもデュリオは凪斗寄りで、やはりユーリィに甘い傾向があった。

「お子さまの相手は終わった」

このあとは大人の時間だ。

ジュリアーノの誘いに応えないまま、デュリオは部屋を出ていこうとする。

この館には、ワルターに与えられた各自の白室があるが、今はそこまで待てる気分ではなかった。

ドアを開ける直前で引き留め、腕のなかへ。

デュリオが眉間の皺を深める。

美しい灰緑眼を間近に堪能《たんのう》して、ジュリアーノは満足げに口角を上げた。


凪斗がピクニックに行こうと言い出した。昨夜、ユーリィと約束したらしい。

領地内ではあるが、ちょくちょくピクニックに出かけるし、天気のいい日はたいていテラスや庭で朝食やランチをとるから、毎日ピクニックのようなものなのだが、いつもと景色が違えば、また気分も変わる。

地中海性気候のシチリアではあるが、四季がないわけではない。春先にはアーモンドの花が咲き誇るし、夏になれば収穫される野菜や果物も増える。

凪斗にねだられて、ワルターは厩舎《きゅうしゃ》から馬を連れ出した。

「じゃあ、ユーリィをお願いしますね」

凪斗とふたりのりのつもりでいたら、ユーリィをひょいっと抱き上げ、託される。困惑しつつも馬に乗せると、凪斗が自分の愛馬を連れだし、弁当の納められたバスケットをもって跨った。

ユーリィの小さな身体が振り落とされないように気遣いつつ、ゆっくりと馬を走らせる。

「大丈夫か？」

「うん」

いつもは凪斗と一緒だから、ひとりで平気かと問うと、ユーリィは意外にもしっかりと頷いた。

「手綱をもって。大丈夫だ。私が支えている」

ユーリィにも手綱を持たせ、馬に乗る感覚を覚えさせる。なるほど、凪斗の狙《ねら》いはこれかと納得した。

ワルターの教えにひとつひとつ頷きながら、ユーリィはときおり小さな手でワルターの手をぎゅっと握って揺れに耐えてみせる。それでも、怖いとは言わなかった。

凪斗の目的地は、レモン畑を上った先にある高台だった。離宮の裏手にあたるあたりだ。小高い丘の上に一本の大きなオリーブの木があって、木陰をつくってくれる。その下にシートを敷き、バスケットの中身を広げるのだ。

「ユーリィ、お馬さんはどうだった？」

「たのしかった！」

ワルターが先に降りて、ユーリィに手をさしのべると、小さな身体が飛び移るように馬上からはねた。

「……っ、危ないぞ」

「へいきだよ、ぱぱ」

ぎゅっとしがみついて、ユーリィが笑う。ワルターが碧眼を瞬くと、同じ色の瞳が間近でにこっと笑った。凪斗が傍らでクスクスと笑っている。

もっと幼いころ、ユーリィがワルターをパパと呼ぶのを、理解できてもできなくてもかまわないと事実を伝えた上でやめさせた経緯がある。

自分が父と呼ばれる幸福まで手にしてしまっていいのかと思ったためだ。妹も義弟となるはずだった青年も、ユーリィの成長を見ることなく逝ってしまった。

そんなワルターの懸念を、ユーリィは感じ取っている。だからこそ、ひとりの男として扱ってきただがそれは、間違っていたのだろうか。

いや、自我の芽生えとともに、ユーリィ自身が選択しようとしているのだ。保護者には、それを尊重する義務がある。

「私をパパと呼ぶからには、凪斗はおまえのママだぞ」

ママによこしまな感情は向けられないぞと確認すると、ユーリィはワルターの瞳をじっと見て、「いいよ」と言った。

「ママなら、えほんもよんでくれるし、いっしょにおふろはいれるし、おひるねだってできるもん」

今までと変わらず……それ以上に、これからも甘えられると返されて、ワルターは碧眼を見開いた。

一本とられたな……と、愉快な思いで苦笑を零す。

ワルターに抱かれて、ユーリィは勝ち誇った顔で碧眼を煌《きら》めかせている。

「さすがは私の息子だ。頭がまわる」

満足げに口角を上げると、ユーリィも同じように笑った。

「ワルター！　ユーリィ！」

なにをしてるんですか、早く！　と凪斗が手招きをする。

ワルターはユーリィを足下におろし、馬の繋ぎ方を教え、そして手をとった。木陰には、すっかりピクニックの準備が整っている。凪斗手製の、イタリアのマンマの味と和食が融合した、ベルカストロ家の新たな家庭の味だ。

待ちかねた様子の凪斗の頤《おとがい》を捕らえて、まずはねぎらいのキス。

「ワルター」

ユーリィが見ていると頬を染める凪斗の肩を抱き寄せ、足下にしがみつくユーリィに、あえて見せつけるように濃厚なキスを今一度。

「おむすびー」

足下からユーリィが、お腹《なか》が空いたと訴える。

「ごめんね」

凪斗がすぐさまユーリィに意識を向けて、「お弁当食べようね」と、やさしく手をさしのべる。

まだしばらくは、この手でユーリィに凪斗の優先権を奪われる日々がつづくのだろう。だがそれも悪くないと、ワルターは愉快な笑みを噛《か》みしめた。

あとがき

こんにちは、妃川螢《ひめかわほたる》です。

拙作をお手にとっていただき、ありがとうございます。

今回は、マフィアで花嫁でお子ちゃまで……と、あれもこれも詰め込んだ欲張り設定で書かせていただきました。

もっとガッツリ濃～いマフィアものを期待された方にはすみません(笑)。クールでキチクな攻め様にするつもりが、思いがけず溺愛ぶりを隠さない人になってしまって……書いた本人が一番「あれれ?」って感じです。

書いてて楽しかったのは、なんといってもユーリィと猫たち。海外では単なる愛玩ペットとしてではなく、ちゃんと役目を持って飼われていることが多いようで、牧場などでは牛や豚、鶏とも共存しているようです。ネズミをとっているから、猫が鶏を襲うことはないのだそうですよ。

ネットの動画サイトでも、赤ちゃんに何をされても寛容な猫ちゃん動画がたくさん投稿されていてとても可愛いのですが、あんな感じの子守猫を想像しながら読んでいただけたらなぁ…と思います。

イラストを担当してくださいました蓮川愛《はすかわあい》先生、お忙しいなか素敵なふたりをありがとうございました。

そして派手派手な脇カップルと、成長後が楽しみでしかたない可愛いユーリィも！　眼福です。十五年後くらいには、ユーリィの恋の行く末を案じて、父母（!?）はヤキモキするのでしょうね（笑）。

お忙しいとは思いますが、またご一緒できる機会がありましたら、そのときはどうぞよろしくお願いいたします。

妃川の今後の活動情報に関しては、ブログをご参照ください。

http://himekawa.sblo.jp/

Twitterアカウントもあるにはあるのですが、システムがまったく理解できないまま、ブログ記事が連動投稿される設定だけして、以降放置されております。ブログの更新はチェックできると思いますので、それでもよろしければフォローしてやってください。

@HimekawaHotaru

皆様のお声だけが執筆の糧です。ご意見ご感想等、気軽にお聞かせいただけると嬉しいです。

それでは、また。どこかでお会いしましょう。

二〇一四年十月吉日　妃川螢

LYNX ROMANCE

ゆるふわ王子の恋もよう

妃川螢　illust. 高宮東

本体価格 870円+税

見た目は極上、芸術や音楽には天賦の才を見せ、運動神経は抜群。そんな西脇円華だが、論理はからっきし、頭の中身はからっぽのザンネンなオバカちゃんである。兄のように慕っている元家庭教師・桐島玲の大奮闘のおかげでどうにかこうにか奇跡的に大学に入学できた円華は、入学前の春休みにバリのリゾートホテルで余暇をすごすことに。そこで小学生の頃タイで出会い、一緒に遊んだスウェーデン人のユーリと再会するが…。

LYNX ROMANCE

マルタイ —SPの恋人—

妃川螢　illust. 亜樹良のりかず

本体価格 855円+税

来日した某国首相の息子・アナスタシアの警護を命じられた警視庁SPの室塚。我が儘セレブに慣れていない室塚は、アナスタシアの奔放っぷりに唖然とする。しかも、彼の要望から二十四時間体制で警護にあたることに。買い物や観光に振り回されてぐったりする反面、室塚は存外それを楽しんでいることに気付く。そして、アナスタシアの抱える寂しさや無邪気な素顔に徐々に惹かれていく。そんな中アナスタシアが拉致されしまい…。

LYNX ROMANCE

鎖《くさり》 —ハニートラップ—

妃川螢　illust. 亜樹良のりかず

本体価格 855円+税

警視庁SPとして働く氷上は、ある国賓の警護につくことになる。その相手・レオンハルトは、幼馴染みで学生時代には付き合っていたこともある男だった。しかし彼の将来を考えた末、氷上が別れを告げ二人の関係は終わりを迎える。世界的リゾート開発会社の社長となっていたレオンハルトを二十四時間体制でガードをするため、宿泊先に同宿することになった氷上。そんな中、某国の工作員にレオンハルトが襲われ—?

LYNX ROMANCE

悪《あく》魔《ま》公《こう》爵《しゃく》と愛《あい》玩《がん》仔《こ》猫《ねこ》

妃川螢　illust. 古澤エノ

本体価格 855円+税

ここは、魔族が暮らす悪魔界。上級悪魔に執事として仕えることを生業とする黒猫族の落ちこぼれ・ノエルは、森で肉食大青虫に追いかけられているところを悪魔公爵のクライドに助けられる。そのままひきとられたノエルは執事見習いとして働きはじめるが、魔法も一向に上達せず、クライドの役に立てず失敗ばかり。そんなある日、クライドに連れられて上級貴族の宴に同行することになったノエルだったが…。

LYNX ROMANCE

悪魔《あくま》伯爵《はくしゃく》と黒猫《くろねこ》執事《しつじ》

妃川螢　illust. 古澤エノ

本体価格
855円＋税

ここは、魔族が暮らす悪魔界。上級悪魔に執事として仕えることを生業とする黒猫族・イヴリンは、今日もご主人さまのお世話に明け暮れています。それは、ご主人さまのアルヴィンが、上級悪魔とは名ばかりの落ちこぼれ貴族で、とってもヘタれているからなのです。そんなある日、上級悪魔のくせに小さなコウモリにしか変身できないアルヴィンが倒れていた蛇蜥蜴族の青年を拾ってきて…。

LYNX ROMANCE

シンデレラの夢《ゆめ》

妃川螢　illust. 麻生海

本体価格
855円＋税

祖母が他界し、天涯孤独の身となった大学生の桐島玲は亡き祖母の治療費や学費の捻出に四苦八苦していた。そんな折、受験を控えている家庭教師先の一家の旅行に同行して欲しいと頼まれる。高額なバイト代につられてリゾート地の海外に来た玲は、スウェーデン貴族の血を引く製薬会社の社長・カインと出会う。夢が新薬の開発で薬学部に通う玲は、彼の存在を知っていたが、そのことかカインの身辺を探っていると誤解され…。

LYNX ROMANCE

恋《こい》するカフェラテ花冠《はなかんむり》

妃川螢　illust. 霧壬ゆうや

本体価格
855円＋税

アメリカ大富豪の御曹司・宙也は、稼業を兄の嵩也に丸投げし、母の故郷・日本を訪れた。ひと目で気に入ったメルヘン商店街でカフェを開いた宙也は、斜向かいの花屋のセンスに惹かれ、毎日花を届けてくれるように注文する。しかし、オーナーの志馬田薫は人気のフラワーアーチストで、時間が取れないとあえなく断られてしまう。仕方がなく宙也は花屋に日参し、薫のアレンジを買い求めるが、次第に薫本人の事が気になりだし…。

LYNX ROMANCE

恋《こい》するブーランジェ

妃川螢　illust. 霧壬ゆうや

本体価格
855円＋税

メルヘン商店街でパン屋を営むブーランジェの未理は、美味しいパンを追求するため、アメリカに旅立つ。旅先のパン屋で出会ったのは、パンが好きだという男・嵩也。彼は町中の美味しい店を紹介しながらパン屋巡りにも付き合ってくれた。二人は次第に惹かれ合い、想いを交わすが、未理は日本へ帰らなければならなかった。すぐに追いかけると言ってくれた嵩也だったが、いつまで待っても未理のもとに、嵩也は現れず…。

この本を読んでの
ご意見・ご感想を
お寄せ下さい。

〒151-0051
東京都渋谷区千駄ヶ谷4-9-7
(株)幻冬舎コミックス　リンクス編集部
「妃川《ひめかわ》螢《ほたる》先生」係／「蓮川《はすかわ》愛《あい》先生」係

リンクス ロマンス

シチリアの花嫁

2014年10月31日　第1刷発行
2014年11月30日　第2刷発行

著者……………妃川《ひめかわ》 螢《ほたる》

発行人…………伊藤嘉彦

発行元…………株式会社　幻冬舎コミックス
〒151-0051　東京都渋谷区千駄ヶ谷4-9-7
TEL 03-5411-6431（編集）

発売元…………株式会社　幻冬舎
〒151-0051　東京都渋谷区千駄ヶ谷4-9-7
TEL 03-5411-6222（営業）
振替00120-8-767643

印刷・製本所…株式会社　光邦

検印廃止

ISBN978-4-344-83247-3 C0293
Printed in Japan

幻冬舎コミックスホームページ　http://www.gentosha-comics.net